HERMES LOURENÇO

O Último Pedido

Editora
LETRAMENTO

Editor

Gustavo Abreu

Projeto Gráfico, Capa e Ilustração

Leonardo Mathias | leonardomathia0.wix.com/leonardomathias

Dados Internacionais de Catalogação na Publicação (CIP)

Bibliotecária Juliana Farias Motta CRB7- 5880

L892u Lourenço, Hermes Marcondes, 1973-

O último pedido / Hermes Marcondes Lourenço

Belo Horizonte, MG : Letramento, 2014.

164 p. : 4 cores; 11,5x18,5 cm

ISBN 978-85-68275-11-5

1. Literatura brasileira. 2. Ficção brasileira. I. Título.

CDD B869.3

HERMES LOURENÇO

O Último Pedido

Editora
LETRAMENTO

O silêncio ocupa uma cadeira vazia dando lugar para lágrimas que substituíram o riso.

Um tio está ausente.

Um pai está ausente.

Um amigo está ausente.

Um sábio está ausente.

A mente mais genial que conheci em toda minha vida está ausente.

A palavra estava perdida e jamais seria novamente pronunciada...

... não em nossos corações e em nossas lembranças,

Tampouco nos momento especiais que certamente vencerão o tempo.

Benedito Firmo de Oliveira

In memoriam

"O rapaz viu que o velho respirava, e viu a seguir
as mãos dele, e desatou a chorar.
Saiu muito silenciosamente, para ir buscar café,
e pelo caminho fora ia chorando."

O Velho e o Mar – Ernest Hemingway

CAPÍTULO 01

Era um jovem apaixonado que pilotava um avião bimotor enquanto os olhos brilhavam da mesma forma que o sol quando olhava para a esposa adormecida ao seu lado. Sabia que em algumas horas não tardaria para ter a visão mais privilegiada que poucos homens em toda a existência teriam a oportunidade de assistir: o pôr do sol no horizonte oceânico. A amada esposa ao lado tornaria esse momento único, na viagem de lua de mel com destino a Morro de São Paulo – BA.

“Por toda a eternidade...”, pensou o jovem, relembrando-se do recente compromisso assumido diante de Deus e de todos no altar da própria alma.

Algumas vezes, sorrateiramente e sem perder a estabilidade do avião, olhava para a aliança que havia sido colocada no dedo médio e que ocupava um espaço outrora vazio. Era o mais valioso de todos os seus tesouros.

O brilho da inestimável aliança destacava-se no manche, e sabia que da mesma forma que pilotava o avião, também começava a pilotar uma nova rota traçada em direção à felicidade ao lado da mulher que tanto amava. Olhou para a esposa, que parecia um anjo repousado numa nuvem, com os longos cabelos loiros a esconder parte do semblante angelical, em meio ao sono restaurador. Nem mesmo o barulho do monomotor a incomodava, diante do cansaço das festividades da comemoração do enlace sagrado.

Lembrou-se dos amigos de trabalho, dos amigos de infância, das figuras paterna e materna, que desde o início foram a favor do casamento. Mas mesmo que fossem contra, de que adiantaria? A decisão já havia sido tomada com muita antecedência.

Ninguém tem o poder de escolher quem iremos amar. O Amor se conquista — eram sábias palavras proferidas pela voz do coração. Fizera a escolha perfeita.

Aos pés da esposa, descansava o estojo térmico que guardava outro tesouro: o violino que ela havia ganhado de presente de casamento.

— Se pudesse, teria lhe dado um *Stradivarius*, mas o preço desse violino está muito além das minhas possibilidades — disse a si mesmo enquanto se recordava do primeiro encontro.

Diferente da maioria dos casais, eles se conheceram graças a um golpe do destino e tinham orgulho de espalhar isso aos quatro ventos para que sempre fossem lembrados como exemplo e, quem sabe, para que sua história um dia pudesse inspirar outros casais.

Se não fosse por um voo cancelado por causa das condições climáticas, ele jamais teria ficado uma noite extra na cidade do Rio de Janeiro. Um único momento pode mudar o destino de uma vida inteira. E foi isso o que aconteceu. Uma noite no Rio de Janeiro, somada a um simples pedaço de papel encontrado no bar do restaurante do hotel em que estava hospedado, desencadeou uma sequência de eventos que mudaria sua vida por completo.

"Fio, cada balaio tem sua tampa!", eram palavras do falecido avô, puras na simplicidade, mas perenes na verdade, e ele as recordou enquanto um sorriso de menino dominava-lhe a face morena.

"Velhinho danado!", pensou enquanto a saudade que sentia do avô apoderava-se do nobre coração.

Os olhos do jovem piloto brilhavam. Respirou fundo e viajou no tempo... Na noite do concerto para violino no teatro de um *shopping* na Barra da Tijuca. Foi lá que ele a viu pela primeira vez; com o seu rosto angelical e, ao meio de outros músicos, ela fazia deslizar o arco sobre as cordas do violino produzindo uma melodia exclusiva, como se cada nota musical tivesse sido criada pelo próprio cupido, enquanto os olhos percorriam a partitura de *Sound of an Angel*.

E por esse anjo ele se apaixonou.

O sol já estava bem próximo do horizonte oceânico.

O mapa de voo aberto ao lado do painel de controle mostrava a rota calculada do voo de Florianópolis a Morro de São Paulo, com uma escala em São Paulo e outra no Rio de

Janeiro. Ao lado do plano de voo estava o cartão do mesmo hotel que no passado havia encontrado o pequeno folheto.

"Falta uma hora para chegar ao Rio...", pensou, olhando para os painéis. "A reserva já foi feita e finalmente irei descansar após tantas felicitações e abraços vigorosos dos amigos."

Foi então que o maior espetáculo da terra começava a se mostrar diante dos próprios olhos: o aguardado pôr do sol sobre o oceano, um silencioso espetáculo cuja beleza os olhos podiam contemplar com imensa magnitude.

A esposa continuava dormindo.

"Ela tem que ver isso!"

— Querida, acorde! Você precisa ver essa paisagem — disse com um tom suave de voz.

A jovem esposa despertou. Os olhos carregavam o mesmo brilho de quando a tinha conhecido. Cansada e sonolenta, ela inclinou a cabeça recostando-a nos ombros do jovem piloto.

— Amor, a mais bela paisagem foi o dia que te vi pela primeira vez — disse enquanto se aconchegava mais ao lado do jovem marido.

O aspecto colorido do sol fazia com que a cor branca dominasse sobre a cor amarela e a fina linha laranja que dividia o horizonte com o azul oceânico.

Ficaram em silêncio enquanto os olhos admiravam a beleza suprema do Criador que, como um milagre, se manifestava abrindo a esperança de um futuro novo e promissor.

Cada um deles naquele magnífico momento renovava em silêncio os votos de amor eterno, ao mesmo tempo que resgatavam todas as antigas juras de amor que ficaram escondidas no passado, feitas secretamente quando eles estavam em sublime deleite.

— Eu te amo — disse o jovem piloto.

— Dizer eu te amo, qualquer um pode! Quero ver você provar — disse com o sorriso de uma criança que escondia uma travessura enquanto as mãos brancas acariciavam o rosto do marido.

— E se eu lhe desse um *Stradivarius*? Você acreditaria em mim?

Amor não se compra, se conquista — disse ela enquanto ajeitava a gola do marido.

— Eu sei disso. E foi por isso que desisti de lhe dar o *Stradivarius*! Preferi conquistar seu coração e, enquanto viver, prometo diariamente lhe roubar um sorriso.

— Roubar um sorriso meu, isso é fácil. Conquistar meu coração... Isso é bem mais difícil. Quero ver você fazer isso diariamente, pois só assim sobrevive um casamento.

— Diariamente?! Meu Deus! Só agora você me diz isso?!

— Seu bobo! Isso você já fez, quando me conheceu no Rio de Janeiro.

— Você acredita que eu estava relembrando esse momento enquanto você dormia?

— Foi um dia especial! Lembro-me de quando te vi lá na plateia. Você me examinava da cabeça aos pés! Fiquei até preocupada, com medo de ter errado algum trecho... Mas foi então que eu descobri a profundidade de seu olhar.

— Você tem que dar um desconto! Eu estava hipnotizado! Ou você acha que é todo dia que encontramos o nosso grande amor em um concerto de violino?

— Lá havia diversas violinistas. Às vezes, uma delas poderia ser seu grande amor.

— Mas nenhuma delas tinha o seu sorriso — emendou enquanto inclinou o avião fazendo com que a esposa se aderisse a ele.

— Existem várias formas de se fazer uma mulher se aproximar de um homem — brincou, ao mesmo tempo que nivelava o bimotor, e os olhos automaticamente se certificavam da rota.

— Essa é uma maneira forçada — respondeu sorrindo.

— Mas eu conheço uma forma capaz de fazê-la se aproximar e, desta vez, sem inclinar o avião.

— Ah é? Isso é algo que estou bem curiosa para ver.

Ele ativou o piloto automático, virou-se de lado e depositou um suave beijo nos lábios da esposa. Por um breve instante, ambos fecharam os olhos sem se importar mais com o pôr do sol, tornando o beijo mais profundo. O cheiro de um era como uma suave fragrância para o outro. O tempo parecia ter parado. Nem o som dos motores os incomodava.

— Quero ver você fazer isso todo dia.

— Um beijo?

— Sim. Como disse, quero ver você fazer isso todo dia.

— Tão simples assim! Te beijarei diariamente.

— Então me mostre — disse ela.

Novamente os lábios se encontraram. Só que dessa vez de forma mais duradoura. Os corações aceleravam. Naquele momento, a troca de olhares significava mais do que mil palavras.

Até que foram interrompidos por uma leve trepidação.

— O que foi isso? — perguntou a esposa.

O jovem piloto rapidamente colocou o comando do avião no manual. Seguiu toda a checagem de instrumentação, resgatando o conhecimento da época da escola de aviação.

— Foi só uma turbulência — respondeu, conferindo os painéis e olhando para o GPS. — Temos mais cinquenta minutos de voo até chegarmos ao Rio de Janeiro. Está tudo bem. O avião também está equipado com todo equipamento de segurança, que fiz questão de conferir pessoalmente.

— Ótimo — tranquilizou-se ela. — Querido, você está com fome?

— Estou satisfeito. Acredito que exagerei no almoço. Mas tem uma mochila no banco de trás com refrigerantes, água e alguns salgadinhos e chocolate.

— Chocolate? Então você quer me engordar...? Entendi. Esse é seu plano!

— Deixe de ser boba! Pensando bem, se eu fosse você já começava a ir analisando essa possibilidade ou você irá desistir da maternidade?

Ela sorriu, e seu riso meigo harmonizava com sua face angelical.

— E se eu ficar grávida de gêmeos? Ou trigêmeos? O que você vai fazer?

— Nesse caso terei que beijar a sua barriga mais do que o planejado.

Um som estridente foi emitido pelos motores. As hélices começaram a falhar ao mesmo tempo que o avião perdia altitude.

Naquele momento, as palavras de amor tornaram-se parte do passado.

CAPÍTULO 02

— ***Perdi o controle!*** — exclamou o piloto enquanto a aeronave desprendia-se do céu. — Nem os flaps estão respondendo! Coloque o colete salva-vidas e aperte o cinto! — ordenou.

— Meu Deus! — exclamou a esposa enquanto com as mãos trêmulas vestia o colete salva-vidas e ajustava o cinto de segurança.

O jovem piloto pegou o rádio. Observava o altímetro mostrar 3.900 pés e perdendo altitude progressivamente.

— Mayday! Mayday! Voo delta071! Perdi por completo o controle da aeronave. Apenas eu e minha esposa a bordo! Mayday!

Até que o piloto percebeu que o rádio estava mudo e que as luzes do painel de controle haviam todas se apagado.

Finalmente havia feito o diagnóstico preciso do que estava acontecendo com a aeronave. Empalideceu enquanto as gotículas de suor começavam a brotar na fronte. Sentia o coração acelerar. Sabia que estava de mãos atadas. Uma pane elétrica havia ocorrido.

O cruel destino mostrava sua face mais fria. Estavam diante de um desastre iminente.

Olhou para a esposa, que chorava compulsivamente. Percebeu que o avião começava a inclinar-se da mesma forma que havia feito para aproximar a esposa de si, só que dessa vez estava sem o comando.

"Eu tenho que manter a calma", pensou enquanto um dos braços esticava-se em direção ao colete salva-vidas.

— Pegue a maleta de primeiros socorros e amarre-a na nossa mochila — pediu à esposa enquanto o ponteiro do altímetro continuava a diminuir em contagem regressiva ao nível do mar.

Rapidamente a esposa fez o que havia sido solicitado.

— Querida, você vai ter que ser forte. Vamos cair. Temos uma chance, estamos com colete e, em breve, virá o socorro. Temos uma chance pois iremos colidir com o oceano.

— Como virá o socorro?! — gritou em desespero. — Nem o rádio está funcionando! — lembrou.

— Meu amor, depois te explico. Preciso estabilizar o avião para pousarmos e flutuarmos na água. O avião está inclinado. Se tivermos sorte, ele irá flutuar por algumas horas e afundar. O importante é sobrevivermos. Felizmente nós temos um bote salva-vidas a bordo, e isso nos dará tempo até sermos socorridos. Quero que deixe sua poltrona na vertical e tente colocar a sua cabeça o mais próximo entre os joelhos.

— Eu não quero morrer! — disse em prantos. — Eu te amo! Isso só pode ser um pesadelo...

— Vai dar tudo certo! Rápido, temos pouco tempo.

Então, sentiram um grande impacto e o corpo ser arremessado contra o painel do avião ao mesmo tempo em que o cinto que os segurava resistia com a mesma força de impacto em sentido contrário. O extintor havia se desprendido com a colisão da aeronave contra a água e fora arremessado como um projétil em direção à cabeça da jovem mulher.

Com a queda, as asas se partiram e flutuavam ao lado da cabine sobre uma enorme quantidade de pedaços da aeronave que se acumulou sobre o oceano.

Alguns minutos passaram quando o marido retornou da escuridão ao sentir a água gelada tocar-lhe a perna esquerda. Abriu os olhos. A visão embaçada aos poucos foi tornando-se mais nítida. Sentia que a perna esquerda ardia como se tivesse jogado álcool sobre uma ferida. Olhou para a esposa, que permanecia inclinada conforme ele havia orientado.

— Querida! Está tudo bem? — perguntou enquanto tinha a sensação de que tudo rodava. Percebeu que a perna direita estava adormecida, ou como dizia o velho avô, "tá abobada", presa entre o banco e o painel.

A cabine ritmicamente balançava de um lado para o outro, regida pela onda do oceano como o balanço terno de uma mãe que põe o filho a ninar. A água lentamente continuava a inundar a cabine. Sabia que tinha pouco tempo. Tentou retirar a perna direita, que estava presa. Foi tomado por uma dor intensa quando tentou forçar a retirada. Olhou novamente para a esposa. A vertigem havia passado.

— Querida, minha perna está presa, me ajude!

O silêncio se misturava ao movimento rítmico da cabine, mesclado ao cheiro da imensidão oceânica. Inclinou-se em direção à esposa. A perna direita começou a doer mais do que antes, respondendo que ela estava viva. Sabia que era um bom sinal. Ao levantar a cabeça da amada, viu que havia um afundamento na região frontal direita. Ela estava desacordada. Sentiu medo. O mesmo medo que havia sentido há alguns minutos quando o avião despencava do céu em direção ao oceano.

"Ela tem que estar viva! Meu Deus! Cadê você?!" — na esperança de ser socorrido pelo poder supremo do Onipotente.

Mas tudo se fez silêncio.

Olhou para o horizonte alaranjado que dessa vez revelava-se através do vidro da cabine como as peças de um quebra-cabeça recém-montado.

Lá estavam eles, unidos ao horizonte e o ninar do oceano, e este, a cada minuto, conduzia o casal para o sono eterno.

Começou a chorar. A dor do coração superava a dor física.

— Meu amor, eu te amo! Eu preciso de você! — disse como uma criança inocente e pura chorando de aflição.

Com a mão trêmula, colocou o dedo na região carotídea da esposa. Sentiu que o coração batia. Foi tomado por uma sensação de alívio, mas mesmo assim permanecia com o nó na garganta e uma vontade de gritar por socorro para qualquer um que pudesse ouvi-lo. Foi então que percebeu uma mancha de sangue junto ao antebraço de sua amada, que estava parcialmente imerso na água salgada que constantemente invadia a cabine. Ao levantar o braço, o nó que prendia na garganta transformou-se em urro de dor, misturado à angústia.

— Deus! — soluçando enquanto sentia o gosto salgado das lágrimas gotejarem sobre o próprio lábio. Sentiu o cheiro frio do sangue.

A mesma mão, que há pouco lhe afagava, havia sido decepada.

Ironicamente, o estojo térmico do violino flutuava ao lado da esposa inconsciente.

A dor e o aperto no coração eram intensos. Parecia que o próprio peito iria estourar.

— Ela vai sobreviver! Afirmava em voz alta. — Se o oceano tiver que engolir alguém, então que seja eu — o amor falava mais forte e dava-lhe forças que superavam o medo.

Pegou o estojo do violino e o abriu. Sabia que havia um encordoamento extra, pois a esposa treinava com frequência e, em pouco tempo, iria precisar trocar as cordas que se gastariam pelo uso contínuo do instrumento.

Abriu o envelope e retirou uma das cordas. Rasgou a camisa e cobriu o coto recém-amputado de sua amada, comprimindo parcialmente o sangramento. Com o auxílio da corda, circulou em volta da parte sadia, apertando o suficiente para estancar por completo o sangramento.

Sabia que existia o risco de infecção, mas também se consolava com as palavras do avô sobre o mar: "Fio, água sargada do mar mata quarquer bactéria. Só num mata o peixe".

Como havia dito à esposa, levava a bordo da aeronave um bote salva-vidas. Porém, estava na parte trazeira da cabine. Para pegá-lo, primeiramente tinha de se soltar. Lembrou-se de uma jaqueta de ar comprimido que estava levando para o irmão motoqueiro que era especialista em cair da moto. No último acidente em que o irmão havia fraturado uma clavícula, o ortopedista havia indicado o uso da jaqueta, já que o irmão amava a motocicleta. A jaqueta ficava presa à moto e, quando o motoqueiro era ejetado dela, um cilindro de ar comprimido era inflado de imediato, prevenindo fraturas ou traumas mais graves. Era uma medida preventiva que aliviaria muito os danos caso o irmão caísse novamente. Olhou para o banco de trás, pegou o embrulho e retirou a jaqueta da embalagem.

"Essa é minha única chance. Isso tem que funcionar."

Precisava criar um pequeno espaço para poder liberar a perna direita e aí sim poderia lutar para salvar a esposa e tentar procurar por socorro.

A água já começava a cobrir o joelho. Tinha de ser rápido. Em poucos minutos a cabine seria totalmente inundada. Pegou a jaqueta e começou a encaixá-la dobrada entre o banco e o painel que prendia a perna direita.

— Isso tem que funcionar. Tenho uma chance apenas — disse a si mesmo, sabendo que a cápsula de ar comprimido funcionaria uma única vez.

Sentiu novamente medo. Se desse errado, ambos estariam predestinados às profundezas do oceano. Olhou para a esposa e percebeu que o sangramento havia parado. Viu que ela respirava enquanto conferia novamente o pulso carotídeo. O coração da amada batia ritmicamente.

O sol parecia estar em mergulho lento no oceano e um fio de esperança o impulsionava a persistir.

CAPÍTULO 03

Sentiu que a perna ficava cada vez mais dormente enquanto a água oceânica tornava-se mais fria, porém suportável.

"Seja otimista. Isso tem que funcionar... É minha única chance. Eu preciso sair depressa daqui e tirar minha esposa antes que isso afunde. Tenho que pegar o máximo de suprimentos...", pensou enquanto mexia com os dedos dos pés, ativando a circulação.

Olhou para o fio de aço que saía da jaqueta. Na ponta havia uma pequena argola.

Respirou fundo e puxou-a com toda a força. De imediato, a jaqueta começou a inflar, conseguindo criar o espaço desejado. Sabia que ela ficaria inflada por aproximadamente vinte minutos. Era tempo mais do que suficiente.

Conseguiu retirar a perna direita. Olhou para a extremidade, na qual havia algumas escoriações. Pulou para o banco de trás à procura do bote salva-vidas, mas não conseguiu encontrá-lo. Viu que o compartimento que o guardava estava inundado. Teria de mergulhar, era a única opção. Os coletes salva-vidas eram insuficientes, ainda mais com o sangramento que iria aguçar o faro dos tubarões.

Respirou fundo. Retirou o colete e o colocou sobre o assento que ocupava. Assim que encheu os pulmões de ar, sentiu uma dor intensa no abdome.

"O pensamento é mais forte do que o corpo", pensou enquanto tentava esquecer a dor e mergulhar à procura do bote.

Conseguiu localizar o pequeno compartimento. Por sorte, a queda o havia poupado, permitindo que conseguisse abri-lo com certa facilidade.

Assim que retirou o bote, ficou agonizado ao ver a mão decepada da esposa passar diante do rosto. Foi dominado por uma terrível angústia, principalmente quando localizou no dedo anelar a aliança que na noite anterior ele havia colocado.

"Sou mais forte do que a dor", pensou enquanto se levantava e enchia novamente os pulmões de ar.

Com dificuldade, caminhou em direção à esposa, colocando o bote salva-vidas no assento que há pouco ocupava. A água já estava na altura dos seios, mas ela respirava normalmente, e o coto do antebraço parou de sangrar. Tentou puxá-la, foi quando percebeu que ela estava presa pelo cinto de segurança. Com a mão, deslizou acompanhando a espessa e resistente tira de nylon que prendia a amada esposa. O mecanismo de destrave parecia estar inalcançável.

O nível da água continuava a subir.

— Droga! — esbravejou. — Cada segundo perdido dentro desta maldita cabine, menos viveres que consigo resgatar.

Procurou, sem sucesso, o estojo de primeiros socorros. Lembrou-se de que havia pedido à esposa que o amarrasse junto à mochila onde estavam os lanches que seriam consumidos durante a viagem.

Encheu mais uma vez os pulmões de ar.

"Seja rápido", ordenou a si mesmo em pensamento.

Foi então que a imagem da caixa branca com a cruz vermelha distinguiu-se próxima das pernas da mulher para quem havia entregado o coração. Puxou a caixa e, junto a ela, veio a mochila. Viu o extintor, que se tornara um objeto sem valor.

A dor no abdome havia dado uma trégua. Sabia que a luta pela sobrevivência estava começando. Milhões de pensamentos o dominavam, porém tinha de ser rápido. A situação que vivenciava exigia que decisões precisas fossem tomadas e o menor erro poderia custar-lhe a própria vida e a da mulher que tanto amava.

Assim que emergiu, imediatamente abriu o kit de primeiros socorros, no qual havia uma tesoura cirúrgica de aço. Retirou-a da caixa, aproximou-se da esposa e, com dificuldade, conseguiu cortar a espessa fita de nylon que prendia a esposa à poltrona do avião. Guardou a tesoura novamente na caixa e deixou-a junto com a mochila e o bote salva-vidas. Aproximou-se da porta com dificuldade. Procurava pelo destrave. Teria de mergulhar mais uma vez.

Sentia frio e o nível da água continuava a subir. Já estava na altura do pescoço da esposa. Sabia que havia chegado o momento que teria de ser mais rápido. Lembrou-se do sinalizador... O tempo devorava as esperanças. Procurar o sinalizador poderia significar a morte.

Inflou os pulmões e mergulhou mais uma vez.

Forçou o destrave com toda a força que possuía, mas a porta permanecia imóvel.

"Deve estar empenada. Talvez um macaco hidráulico ajude...", pensou, até que percebeu que estava confuso, o estresse começava a atrapalhar o raciocínio. "Concentre-se!", ordenou-se.

Começou a respirar rapidamente. Sentia uma dor aguda no abdome cada vez que respirava.

Então a imagem quadriculada e alaranjada do pôr do sol tornou-se uma lembrança inoportuna.

Olhou para a janela que lembrava um mosaico de uma única cor. O vidro estava prestes a se romper. Se o nível da água alcançasse o vidro seria mais difícil quebrá-lo. Sentia as pernas fracas e feridas. Precisava avaliar os danos, pois, naquele momento, a esposa estava em estado mais grave por estar inconsciente. Tinha que tomar uma decisão rápida. Poderiam morrer, ou pior, se perderem nas profundezas do oceano. Em breve seriam dados como desaparecidos.

Então a imagem do extintor veio à tona.

— Vamos lá, mais um mergulho... — afirmou, ao mesmo tempo que respirava fundo. Dessa vez seria mais fácil, pois já sabia onde se encontrava o extintor.

A dor era a menor das preocupações e a ignorou por completo. Mergulhou mais uma vez, até que o vermelho do extintor surgiu submerso na água que começava a tornar-se escura.

Assim que emergiu, aproximou-se do vidro e, com toda a força, conseguiu quebrá-lo. Olhou para a esposa, ela já flutuava dentro da cabine, que, a cada minuto, se tornara cada vez mais estreita. Vestiu novamente o colete, conseguiu com facilidade arrastar a esposa e passá-la através da janela.

Por sorte, o colete ajudava a vítima de forma que ela sempre ficasse com a cabeça fora da água. Pegou a caixa de primeiros socorros amarrada à mochila toda encharcada e enrolou-as na jaqueta *air bag* insuflada e jogou através da janela.

"Droga! Tenho que sair ou estarei com grandes problemas!", pensou enquanto sentia o corpo ser pressionado contra o teto da cabine devido à força do colete.

Colocou o bote na janela da cabine e puxou a corda de *nylon* que o inflaria com ar comprimido. Sabia que o bote iria ajudar a puxá-lo para fora da cabine destroçada.

E assim o fez.

Assim que ativou o ar comprimido, o bote se encheu de imediato, puxando-o com uma força incrível para fora da cabine.

Certificou-se novamente de que a esposa estava com a cabeça fora da água, sem risco de afogar-se. Apoiou-se no bote e com o auxílio dele nadou em direção à caixa de primeiros socorros, que boiava graças à jaqueta de couro *air bag*, juntamente com a mochila que continha o lanche que seria consumido durante a viagem e que, naquele momento, significava mais do que o mais valioso diamante do mundo. Conseguiu pegá-los e colocá-los dentro do bote. Estava cansado, porém o mais difícil estava por vir. Tinha de ser rápido.

Perdera o familiaridade com o mar. Temia pelos tubarões que pudessem surgir. Lembrou-se do ferimento da esposa. Nadou em direção à mulher amada e, com certa facilidade, graças aos coletes que utilizavam, conseguiu nadar trazendo-a até o lado do bote.

Respirou fundo.

— Vamos, meu amor... Vou colocá-la no bote e tudo vai ficar bem — murmurou enquanto olhava para a esposa, que parecia estar num sono profundo, sem se incomodar com a água gelada; estava segura nas mãos do marido.

—Um, dois, três! — contou, ao mesmo tempo que tentava colocá-la no bote.

A primeira tentativa foi ineficaz. Da mesma forma, a segunda, a terceira e a quarta.

Estava exausto.

Percebeu que os próprios pensamentos tentavam enganá-lo mais uma vez.

— Seu idiota! — se martirizou.

Nadou e subiu no bote. Ficou feliz ao perceber que o espaço era suficiente para duas pessoas. Usando as mãos como remo, aproximou-se da esposa e foi na segunda tentativa que conseguiu puxá-la para dentro do bote, para próximo de si. Aconchegou-a usando a jaqueta de couro que começava a se desinflar. Recostou a cabeça na lateral do bote. Pela primeira vez, conseguiu respirar aliviado. Foi então que se deu conta da gravidade do acidente. Olhou ao redor. Diversos pedaços da aeronave continuavam flutuando sobre o oceano. Viu o estojo com o violino flutuando próximo. Superou os limites da exaustão e conseguiu resgatá-lo. Correu os olhos sobre os destroços e viu a cabine lentamente se afundar, puxando consigo as asas que se uniram em posição de prece enquanto eram tragadas pelo oceano.

Mais uma vez começou a sentir a dor no abdome, mas estava cansado demais para qualquer esforço. Olhou para a esposa, viu que respirava. Sentiu uma tristeza imensa ao vê-la com um afundamento na região frontal e com a mão esquerda decepada.

— Me perdoe, querida. Sonhava apenas viver momentos de plena felicidade, e o que está acontecendo é o oposto de meus desejos.

A noite caiu, e o silêncio era intermitentemente quebrado pelos soluços de um homem apaixonado que se culpava por ter destruído o futuro de uma das maiores violinistas que que já havia conhecido.

A perspectiva do futuro tornara-se assustadora.

Olhou mais uma vez para a esposa e rastejou-se até conseguir recostar a cabeça no ombro da mulher que tanto amava. Começou a afagar-lhe o rosto meigo e angelical. Viu que as mãos sujaram-se de sangue.

O choro se intensificou.

Nesse momento, a vastidão do oceano silenciou-se para ouvi-lo, enquanto o horizonte perdera a beleza e o céu outrora alaranjado abria espaço para a noite onde as estrelas começavam a despontar.

CAPÍTULO 04

A lua cheia refletia nas águas do Oceano Atlântico. No horizonte, podia-se ver um pequeno bote que navegava à deriva e à mercê do destino.

No céu todas as estrelas cintilavam, enquanto o silêncio predominava na vastidão do horizonte, interrompido de quando em quando pelo impacto das ondas no bote inflável.

O auditório estava lotado para o concerto de violino. Ele a viu ao meio da orquestra, com o vestido branco e o rosto angelical. Daquela vez ela parecia estar séria. Tinha o semblante preocupado. Era sempre assim, mesmo nos ensaios em que ela treinava à procura da perfeição. Erros eram inadmissíveis. A plateia parecia hipnotizada até o momento que ela apareceu no meio do espetáculo. Sabia que ela era considerada a maior solista de todos os tempos. Ela retirou o arco do violino do estojo e o colocou ao lado. Retirou o instrumento, e, quando foi pegá-lo com a mão esquerda, a plateia ficou em silêncio ao perceber que ela perdera a mão. Ela persistia e a todo o momento tentava pegar o violino. Começou a gritar. Desesperou-se e começou a chorar... Até que se sentou no palco, olhando para o antebraço sem a mão. Com a outra mão, segurava o arco do instrumento.

Todos ficaram em silêncio.

Naquela noite, a música transformou-se em silêncio.

Foi então que ele acordou com o coração acelerado e a imagem da queda do avião e a luta para sobreviver passaram em sua memória como na tela de um cinema. Os pensamentos eram claros. Sentia o corpo descansado, mas a dor no abdome o incomodava, menos intensa do que antes.

Estava ao lado da esposa, que parecia estar dormindo.

Lembrou-se do sonho...

Sabia que a esposa era a principal solista da orquestra da qual fazia parte, sem contar as inúmeras apresentações de violino que fazia.

"Talvez fosse melhor que nós tivéssemos morrido", pensou.

Respirou fundo novamente.

— Pare de pensar idiotices! — exclamou a si mesmo. — Nós iremos sobreviver e tudo vai ficar bem — disse, olhando para a esposa, que respirava calmamente.

Então se lembrou do ferimento na mão da esposa. Pegou o estojo de primeiros socorros. Nele havia tudo de que precisava.

Iluminado pela lua cheia, segurou o braço da esposa e retirou a corda de violino que havia usado para fazer o torniquete. O pedaço de camisa que havia utilizado aderiu à ferida e conteve o sangramento. Pegou o antisséptico na caixa e borrifou sobre o ferimento até ficar bem umedecido, sem retirar o tecido que havia ajudado a estancar o sangramento. Envolveu todo o ferimento com uma compressa e o cobriu com esparadrapo.

"Isso deve ajudar até chegar o socorro."

Recostou ao lado da esposa.

— Querida, acorde! Você está me ouvindo?

Fez-se o silêncio. Ela parecia estar dormindo.

Ele encostou a cabeça contra o tórax da amada. Pôde ouvir o som dos pulmões e também do coração, que batia ritmicamente.

— Vai ficar tudo bem, meu amor. Nós vamos sair daqui e, em breve, voltaremos para nossa casa.

Olhou para todos os lados à procura de uma fonte de luz. Não conseguia ver nenhum sinal de iluminação que pudesse indicar que estivessem próximos à costa marítima. Tentou imaginar o lugar em que estava usando as estrelas como orientação. Localizou o Cruzeiro do Sul à direita do bote. Sabia que estava navegando para o leste em direção ao meio do Atlântico.

Desesperou-se...

Usando as mãos como remo, tentou colocar o bote no curso certo, mas sem sucesso. A cada tentativa, o barco assumia o curso anterior.

— Como é que eu vou fazer para colocar esse bote no curso certo...? Tudo o que sei é sobre aviões. Estou destreinado em meus conhecimentos sobre o mar — lamentou-se, olhando para a lua cheia.

Sentiu fome. Pegou a mochila que continha o lanche.

— Vejamos o que temos aqui. Só espero que seja o suficiente até chegar o socorro.

Ao abrir a mochila, viu que estava toda encharcada com a água do oceano. Constatou que haviam três garrafas de água, um chocolate e duas barras de cereais, que por sorte estavam bem embaladas. No fundo da mochila, localizou algo duro. Retirou-o rapidamente. A adrenalina dominava-lhe todo o corpo. Se fosse o que estava pensando, talvez todo o sofrimento estivesse prestes a acabar. Sentiu um alívio indescritível quando viu o celular da esposa. Parecia que estava desligado. Sabia que ligá-lo poderia danificá-lo, pois o aparelho estava molhado. Rapidamente o desmontou. Pegou a caixa de primeiros socorros, abriu uma pequena compressa e começou a secar o aparelho com ela. Ficou com receio de montá-lo e que, ao ativá-lo, ocorresse um curto-circuito, pois sabia muito bem que a água salgada era um bom condutor de eletricidade.

Preferiu esperar.

"Com essa brisa marítima, até amanhã ele estará seco, e então terei como pedir socorro. Se tiver sorte, consigo as coordenadas do GPS desse *smartphone* e pronto."

Olhou para a esposa. Sabia que ela precisava de socorro.

Uma dúvida cruel o dominava. A esposa tinha uma lesão que parecia ser grave, localizada no crânio. Sem entender da área médica, percebeu que uma parte do crânio havia afundado. Sabia que ela poderia ter tido alguma hemorragia ou pior; que poderia morrer. Por outro lado, se ligasse o telefone, um curto-circuito poderia destruir a única chance de salvamento.

— Querida, tenho que abraçar nossa única chance. Teremos que esperar mais um pouco... — murmurou, com a lágrima escorrendo pela jovem face morena.

Abriu a garrafa d'água e tomou um pequeno gole. Retirou outra pequena compressa e a umedeceu com a água potável. Levou-a até os lábios da esposa e, cuidadosamente, puxou a mandíbula para baixo. Espremeu a gaze fazendo com que gotejasse a água na boca da amada. Observou-a cuidadosamente. Sentiu uma imensa satisfação quando a esposa involuntariamente engoliu.

"Graças a Deus!", pensou, sentindo-se um pouco mais aliviado.

— Meu amor, você pode me ouvir? — perguntou, ao mesmo tempo em que lhe acariciava o rosto. — Por favor, me responda ou mexa a mão se estiver me ouvindo. Como ela vai mexer a mão, seu idiota?! — censurou-se, culpando-se. — Por favor, me dê algum sinal se estiver me ouvindo.

Mas nada. Ela respirava.

Molhou novamente a pequena compressa e, repetitivamente, fez o mesmo procedimento umas dez vezes até que o volume de água da garrafa reduzisse na quantia proporcional ao gole que havia bebido.

— Tenha forças! Já devem estar nos procurando e, se não tiverem êxito na nossa procura, assim que o telefone secar, eu ligo e peço socorro.

Olhou para o relógio à prova d'água que marcava 23h57min.

Sentiu sono.

Deitou a esposa no bote usando a jaqueta de couro como travesseiro. Aconchegou-se ao lado da amada e a abraçou.

— Vai ficar tudo bem, meu amor... Vai ficar tudo bem. Estou aqui para cuidar de você. Na alegria e na tristeza, na saúde e na doença... Mas posso lhe garantir, que nem a morte irá nos separar.

O perfume do cabelo da esposa misturava-se ao cheiro de sangue coagulado. Sentiu náuseas. Sabia que era o efeito do movimento intermitente do bote.

Lembrou-se do casamento, dos convidados e da fartura que fora a festa na noite anterior. Teve vontade de voltar no tempo e adiar a viagem. O destino lhe pregara uma nova peça, só que dessa vez revelava seu lado sombrio.

Fechou os olhos e a seguir, adormeceu abraçado à esposa.

CAPÍTULO 05

Tinha a sensação de que o rosto estava queimando enquanto foi dominado por um forte enjoo insuportável que o fez se arrastar até a beira do bote. Vomitou no oceano. Assustou-se quando percebeu que havia sangue vivo misturado ao vômito.

— Meu Deus! O que está acontecendo?

Lavou a boca com a água do oceano e bochechou.

"O que estou fazendo?! Se eu ficar colocando água do mar na boca irei ter mais sede e só tenho três pequenas garrafas de água para dividir com a minha esposa", pensou, com a cabeça inclinada em direção ao oceano.

Sentia o braço arder, tamanha era a incidência dos raios solares. Olhou para o relógio, que marcava 9h22min. Aproximou-se da esposa e certificou-se de que ela respirava.

— Querida, acorde, por favor! — murmurou suavemente ao ouvido dela.

Ele sentiu uma felicidade indescritível. A esposa abriu os olhos e sorriu para ele. Inclinou a cabeça olhando para ambos os lados e segurou com a mão direita a mão do marido e voltou a dormir novamente.

— Descanse, meu amor. Eu estarei aqui para cuidar de você.

Preocupou-se com a intensidade do sol. A esposa tinha a pele branca e corria o risco de padecer pela queimadura solar.

Lembrou-se de que no estojo do violino continha o encordoamento.

Teve uma ideia.

Abriu o estojo e retirou o encordoamento. Olhou para o bote oval e começou a tecer o encordoamento, formando uma malha da mesma forma que uma aranha faz sua teia.

— Isso deve dar certo.

Arrastou a esposa para baixo da malha e colocou a jaqueta de couro sobre o entrançado, criando um espaço com sombra.

A esposa vestia uma saia que chegava à altura do joelho, deixando, portanto, as pernas expostas.

— Minha pele é morena. Então consigo resistir mais ao calor do que você — disse, desabotoando a camisa branca, já sem uma manga, para cobrir as pernas da esposa. Nesse momento, sentiu o sol arder nas costas. Olhou para os lados e tudo o que via era a vastidão do oceano. Viu um cardume de peixes que nadava vigorosamente e alguns chegavam a pular para fora d'água.

"Somente vocês devem estar felizes. Se pudessem ao menos levar uma mensagem de socorro para algum pescador...", pensou, rindo de si mesmo.

Nauseou novamente, mas segurou o vômito. Arrastou-se, com a garrafa d'água na mão, para baixo da rudimentar cobertura que fizera no bote. Pegou a parte que iria beber da água e, dessa vez, com a tampinha, repetidas vezes, colocou água nos lábios da esposa, e ela deglutiu com mais facilidade.

Ela abriu os olhos, só que dessa vez o semblante era de sofrimento e dormiu a seguir.

Depositou um beijo na face da esposa.

— Isso vai acabar. Nós vamos sair dessa.

Ela permaneceu em silêncio e com os olhos fechados.

— Durma, meu amor. Apenas durma. Ao menos você está se recuperando e, no fim, tudo terá sido só um sonho.

Arrastou-se para fora da cobertura do pequeno bote. Olhou mais uma vez para o horizonte. Nenhum pássaro, e isso era um mau sinal, pois indicava que estavam distantes do litoral. Para qualquer lado que olhasse, tudo se tornava uma imensidão azul. Foi então que se lembrou do celular. Olhou para o aparelho que estava desmontado no bote. Ao segurá-lo, sentiu que estava muito quente, pois recebera diretamente os raios solares.

— Se isso não tiver evaporado toda a água de seu circuito, nada mais no mundo o fará — disse, olhando para o aparelho.

Colocou-o ao lado da esposa, embaixo da rudimentar cobertura que fizera no bote.

"Não posso ligá-lo superaquecido", pensou. "Para quem já esperou todo esse tempo o que seria esperar um pouco mais."

Olhou para a esposa.

— Hoje à noite estarei dormindo no hospital ao seu lado — afirmou.

Ficou sentado no bote. Olhou para o sol, que havia nascido a sua direita. Viu que o bote continuava à deriva, indo em direção ao oeste dessa vez.

— Graças a Deus você tomou o rumo certo.

Sentado, abraçou o joelho, mas novamente a dor abdominal o incomodou. Esticou as pernas e sentiu um alívio. Olhava para todas as direções, à procura de algum navio, e também para o céu na esperança de que algum helicóptero ou hidroavião pudesse resgatá-lo.

As costas ardiam, estava à deriva sendo conduzido pelas mãos do destino.

Sabia que a qualquer momento a corrente marítima poderia mudar de direção e fazer o bote voltar todo o percurso que havia feito.

Ficou tentando imaginar por quanto tempo já estavam sendo arrastados pela corrente oceânica.

“Fio, nada acontece por acaso. Tudo nessa vida tem um motivo.” Eram sábias palavras do falecido avô, que a memória resgatava.

Carregava no bote um grande amor e lembranças de bons momentos.

— Nada acontece por acaso... Mas, meu Deus, por que tanto sofrimento? — perguntou, olhando para o horizonte na esperança de obter alguma resposta.

Então, como um milagre, conseguiu ver um ponto navegando na linha do horizonte.

— Cadê o sinalizador? — interrogou-se enquanto procurava-o nos cantos do bote e nas mochilas. Foi então que recordou que o sinalizador jazia com o resto do avião no fundo do oceano.

Sentiu imensa angústia e desespero. Com dificuldade, ficou em pé no bote, que balançava repetitivamente.

— Socorro! Pelo amor de Deus, alguém nos ajude! — gritou desesperadamente por diversas vezes até ficar rouco por completo.

Era incapaz de conter as lágrimas. Ajoelhou-se enquanto via o pequeno ponto locomover-se lentamente na linha do horizonte. Em desespero, colocou as mãos para fora do bote e começou a utilizá-la como um remo. Percebeu que o bote começava um movimento em círculos em torno do próprio eixo. Então seguiu em direção à "proa". Com toda a força, puxava a água para trás, fazendo com que o barco muito vagarosamente se locomovesse em direção ao ponto branco que vira no horizonte.

Após alguns minutos, percebeu que o pequeno ponto de esperança desaparecera por completo.

Começou a chorar.

Desta vez via a imagem do avô no horizonte.

"Fio, homem num chora!"

Era uma lembrança que sobrevivera do passado.

— Por favor! — disse com a fala entrecortada enquanto a força e a esperança o deixavam só.

Sentou-se olhando para a esposa.

"Ao menos eu tenho você, aqui ao meu lado. Poderia ser pior e eu estar vivendo a solidão do amor", pensou com os olhos marejados.

— Mil vezes passaria por tudo que tenho passado, apenas para te conhecer! — afirmou, encontrando nas profundezas da alma forças para continuar.

Foi então que se lembrou do celular. Olhou para o relógio. Mais de uma hora já havia passado. Rastejou-se sobre a pequena cobertura que havia improvisado. Olhou para o tórax da esposa e viu que preservava os movimentos respiratórios.

— Está tudo bem — afirmou. — Está tudo bem! — repetiu, fazendo com que as palavras lhe dessem a força necessária.

Pegou as partes do celular e sentou-se no meio do bote. As costas e os ombros ardiam mais do que o comum. Sentia que os lábios estavam secos, mas a náusea, talvez pelo movimento do barco, subtraía-lhe o desejo de tomar mais um gole d'água. Ao menos a náusea trazia-lhe um lado positivo, pois sabia que estava racionando a água e assim garantindo sua sobrevivência e da mulher que tanto amava.

Começou a unir as partes que havia desmontado do celular. Por alguns instantes, tinha medo de que uma onda forte atingisse o bote e lançasse algum dos componentes no oceano.

O calor era insuportável. O suor gotejava da fronte, porém, ocasionalmente, sentia algum alívio com a brisa marítima.

Encaixou a última peça.

— Isso tem que dar certo!

Ao ligar o celular, o coração batia mais rápido.

No display embaçado, conseguiu ver a logo da operadora, seguido do som arranhado da inicialização do dispositivo.

— Vamos! — ordenou ao aparelho.

A tela inicial surgiu como a solução para os problemas, até que o que era para ser um sonho tornou-se um pesadelo. Uma mensagem clara, após um ponto de exclamação vermelho, podia ser lida: FORA DE SERVIÇO.

— Não! Por favor — disse, ficando em pé para movimentar o celular para todas as direções. Até que viu uma mensagem surgir na tela: CHAMADA DE EMERGÊNCIA.

— Obrigado, meu bom Deus! Obrigado! Se isso não for uma emergência, sou incapaz de imaginar o que seria.

Imediatamente clicou no ícone e surgiu o teclado touchscreen. Discou o número da polícia. Em vez de ouvir o som da chamada, identificou um único ruído, seguido de silêncio. Olhou para o display e viu que o celular estava sem sinal. Era impossível de sequer fazer uma chamada de emergência.

Olhou para a bateria, que mostrava que restava 40% de carga.

Tentou outras vezes. Discava intermitentemente o número do socorro, até que se cansou e, novamente, percebeu que o oceano se tornara seu inimigo e aliado por ter-lhe poupado a vida e por fazer, a cada hora que passava, ser mais difícil de seguir em frente.

— A cada seis horas farei uma nova tentativa.

Até que uma dúvida pairou em seus pensamentos.

— E se me perguntarem onde estou? Como irei responder? Terei que acionar o GPS, mas e se ele estiver danificado, ou pior, se ao acioná-lo, ele danificar o telefone?

Olhava para o horizonte, dessa vez com o olhar vago. O último recurso funcionou, mas não da forma esperada.

Olhou para o relógio. O tempo tornara-se o vilão.

— Preciso economizar a bateria — disse enquanto o dedo pressionava o botão de desligar. Em seguida, ouviu a mensagem de confirmação no display.

Guardou o celular na mochila.

O ardor nos ombros descera para as coxas, abdome e pernas. Deitou-se novamente ao lado da esposa para se proteger do sol.

Abriu a garrafa d'água e, com a pequena tampa, hidratou um pouco mais a esposa. Encurvou-se como um feto no ventre materno, na tentativa de se proteger um pouco mais do sol. A dor no abdome tornara-se intensa. Teve de esticar as pernas e expô-las ao sol. A boca seca guardava resquícios do gosto de sangue.

— Por que isso está acontecendo comigo? — questionou-se.

Desde a queda do avião, tudo parecia loucura, mas o destino, com suas mãos, virava-lhe a face e mostrava-lhe que tudo era verdade.

Lembrou-se da infância, de quando corria livre pelo quintal e de quando subia no alto na jabuticabeira e de lá de cima ficava vendo os pássaros e os aviões.

"Um dia vou ser um piloto e vou voar mais alto do que as nuvens."

Lembrou-se, também, dos banhos de mangueira, das brincadeiras de esconde-esconde e de cobra-cega e, por fim, de quando conheceu seu verdadeiro amor e da música do violino.

Ela estava ali ao seu lado, calada, ferida e com parte do destino mutilado.

— Deus, se for preciso, entrego minha vida para que salve a vida da mulher que tanto amo! — disse, olhando para a face angelical e abatida da esposa enquanto se abrigava dos raios do sol.

Viu as pálpebras da esposa se abrirem, revelando os lindos olhos verdes, que, em uma fração de minuto, começaram a verter lágrimas até se fecharem novamente.

O horizonte perdera a beleza. Estava cansado demais. Pensou em ficar um pouco mais ali, junto da mulher que tanto amava e recuperar a energia. "Os médicos consertam tudo. Só não dão jeito para a morte", era o que dizia o velho avô, um homem de sabedoria, cujas poucas e simples frases, curtas e precisas, eram carregadas de verdades, vivenciadas e descobertas por meio do sofrimento.

— É verdade, vovô... O senhor tem razão — respondeu em silêncio a si mesmo. Os médicos consertam tudo.

Lembrou-se da morte do avô.

"Você nos deixou, né, vovô, assim, de repente, simplesmente do nada? Pregou uma peça até nos 'doutores' que eram incapazes de dizer o que o senhor tinha. Cheguei da escola e simplesmente o senhor já não estava mais lá. O meu grande amigo... Me deixou morar na sua casa enquanto eu estudava para ser piloto. E olha que tristeza.. Veja a porcaria de piloto que me transformei! Incapaz de controlar um avião que carregava minha amada esposa. Olha o que eu fiz com ela!", pensou, olhando para o antebraço esquerdo da esposa sem a mão.

— Foi um erro do destino eu ser o neto de uma pessoa tão digna.

Então pôde ouvir o silêncio ser quebrado pelo som de uma turbina distante. Saiu de baixo da pequena cobertura e olhou para o céu. Lá no alto, um avião a jato riscava o céu, deixando o rastro branco nas nuvens, dividindo o céu em dois, em uma longa linha que, aos poucos, ia se apagando.

De nada adiantava pedir socorro.

Os olhos doíam por causa da claridade, e a pele tornara-se avermelhada e ardia ao calor do sol. Deitou-se ao lado da esposa e ficou em silêncio enquanto apreciava-lhe a beleza angelical. Os pensamentos perdiam a força. Deitou-se ao lado dela, preferindo manter o olhar para os olhos fechados de sua amada, já que era uma incógnita o tempo que poderiam ficar juntos. Tinha medo de que o destino os separasse.

CAPÍTULO 06

Os olhos dela se abriram. Estava confusa. Tentava compreender o que havia acontecido, mas se confortou quando viu que o marido estava dormindo bem diante dela. Olhou para os lados e notou que estavam num bote e que o amado havia feito uma cobertura para protegê-la. Preferiu deixa-lo dormir e com dificuldade, por causa do colete salva-vidas, arrastou-se e ficou sentada no meio do bote. Olhou para frente, onde maravilhosamente o sol começava a se esconder no horizonte oceânico. Foi então que se recordou de quando o avião estava caindo. Tentava se esforçar, mas parecia que as lembranças haviam sido apagadas. Estava incomodada com o cabelo que havia se aderido à face. Foi nesse momento que percebeu um enorme curativo na mão esquerda e, pior, que o braço havia-se encurtado. Tentou movimentar os dedos da mão esquerda, sentia o comando, mas era como se os dedos tivessem desaparecidos. Com a mão direita, tateou o curativo, sentindo uma dor intensa no punho. O antebraço estava mais leve, como se a mão houvesse desaparecido. Percebeu, então, que por alguma razão a mão esquerda lhe fora arrancada. Começou a chorar copiosamente e, ao colocar a mão direita sobre a fronte, sentiu dor e percebeu que havia um afundamento na região frontal.

Teve náuseas.

O marido acordou, saiu de baixo da pequena cobertura e sentou-se ao lado da esposa, abraçando-a, na esperança de acalentar sua dor.

— O que aconteceu? — perguntou a esposa em prantos.

— Meu amor, fique calma que tudo vai dar certo. Lembra de quando lhe falei que iríamos cair...

— Sim... Eu me lembro do avião caindo. É tudo que me recordo.

— Infelizmente caímos no oceano e se estamos vivos é porque tivemos muita sorte.

— O que aconteceu com a minha mão? — perguntou, com os olhos marejados, olhando para o coto.

— Ela foi amputada por causa do acidente. Mas eu consegui retirar você do avião com vida e fiz um curativo para estancar o sangramento; caso contrário, você iria morrer. Tudo foi muito difícil... Minhas pernas ficaram presas no painel, mas consegui me soltar. Tive que fazer esse curativo dentro da cabine, antes que o avião afundasse. Foi a única forma de interromper o sangramento. Precisei quebrar o vidro com um extintor para sairmos de dentro do avião, por isso estamos aqui.

— Mas como fui me esquecer de tudo? Há quanto tempo que caímos? Meu Deus!

— Você estava inconsciente, por isso o esquecimento. Tive que colocar o colete em você e arrastá-la para fora do avião. Se tivéssemos ficado dentro da cabine, estaríamos mortos. O acidente foi ontem à noite.

Ela aproximou-se do marido, abraçou-o e pôs-se a chorar.

— Tenha fé que iremos conseguir — disse, sem a mesma segurança de antes. — Vai dar tudo certo.

— Queria poder tocá-lo... — disse ela, olhando para o estojo do violino.

— Poderá sim! Hoje em dia eles dão um jeito para tudo — disse ele, tentando amenizar a dor da esposa.

— Você é incapaz de compreender! É impossível tocar o violino sem uma das mãos! Sabia que a mão que pressiona a corda de um violino é a mão esquerda? Você sabe qual é o papel de um solista em um concerto?! — gritou, aproximando-se do estojo do violino. Segurou-o com a mão direita, preparando-se para atirá-lo no meio do oceano. — Por que você guardou isso? Queria me ferir? Então conseguiu. Deveria ter me deixado morrer! Eu preferia morrer a ter que viver assim, sem poder tocar um violino novamente.

Ele se calou, pois compreendia perfeitamente a dor que a amada esposa estava sentindo. Antes que ela arremessasse o instrumento para o oceano, ele segurou o braço direito da esposa, impedindo que ela atirasse o estojo no mar.

— Você vai atirar ao mar o instrumento que salvou a sua vida?

Ela fez silêncio. Precisa ouvir as palavras do marido.

— Foi graças a uma das cordas reservas do violino que consegui fazer parar a hemorragia de seu antebraço dentro do avião e lhe tirar com vida de dentro da cabine. Foi graças às mesmas cordas que consegui fazer a área coberta no bote para proteger você da queimadura solar em sua pele branca. O violino ajudou a salvar a sua vida.

Ela olhou para o marido e percebeu que ele estava com o tórax ferido e o rosto todo queimado de sol. Viu no chão do bote a camisa que ele usara para protegê-la. Abaixou a mão direita e colocou o estojo com o violino sobre o piso plástico do bote.

— Me desculpe — disse em prantos. — E você, está bem? — perguntou, soluçando.

— Sim. Está tudo bem. A única ressalva que tenho é que, assim que chegarmos, irei fazer uma reclamação por escrito contra o serviço de bordo desta embarcação — respondeu sorrindo, revelando os lábios secos e rachados.

— Seu bobo! — disse ela, interrompendo o choro. — O que iremos fazer?

— Bem, estou tentando solucionar esse problema desde que estou neste bote. O seu celular está funcionando, só que sem sinal. Quando disco para a emergência, o celular fica mudo. Então, para economizar a bateria, vou ligá-lo de seis em seis horas, tentando ver se consigo sinal e então pedir socorro. Acredito que estamos distantes da costa, pois nenhum pássaro sobrevoou o horizonte. Somente cardumes de peixes e mais peixes. Temos pouca provisão, que se resume em uma barra de chocolate, duas garrafas e meia d'água e duas barras de cereais. Em falando de provisão, você precisa se alimentar e tomar líquido, pois você perdeu muito sangue.

— E você? Já se alimentou?

— O balanço do mar me dá enjoo e em consequência, perco o apetite.

O marido puxou a mochila e retirou uma barra de cereal. Partiu-a ao meio e deu-lhe a garrafa d'água pela metade.

— Tome, coma. Você precisa disso.

A esposa alimentou-se com o cereal, seguido de um vigoroso gole d'água.

— Mas, querido, você também precisa se alimentar!

— Nem me esforçando. Estou com náuseas.

Ele pegou o celular e ligou-o novamente, ouvindo o mesmo som arranhado da inicialização do aparelho.

— Vai, funciona! — disse, olhando para o aparelho.

A esposa permanecia apreensiva, sem dar importância para a mão que havia perdido.

Surgiu, na tela *touchscreen*, o mesmo ponto de exclamação aprisionado em um triângulo vermelho com a mensagem: FORA DE SERVIÇO.

"Se pudesse, eu lhe quebraria em um milhão de pedaços!", pensou ele enquanto olhava furiosamente para o aparelho.

Mostrou a mensagem para esposa, com uma remota esperança de que ela pudesse encontrar uma solução que fizesse o aparelho funcionar novamente.

— Está sem sinal — disse ela. — E agora, o que iremos fazer?

— Nada mais, além de esperar que alguém venha nos procurar.

— Querido, será que ninguém notou que estamos desaparecidos?

— Com certeza, devem estar nos procurando. É questão de tempo — respondeu enquanto desligava o celular e o guardava na mochila, junto com a água e o que havia sobrado da barra de cereais.

Assim que abaixou para colocar a mochila embaixo da pequena cobertura, sentiu novamente a dor no abdome. Só que dessa vez foi diferente. Teve a sensação de desmaio enquanto a força lhe abandonara por completo. Tentou sustentar-se sentado, mas caiu a seguir.

A esposa percebeu que havia algo de errado. Mesmo com a pouca luz do sol que estava se pondo no horizonte, percebeu que a face do homem que tanto amava estava pálida.

— Tem que se alimentar! Se continuar assim, iremos morrer! Preciso de sua ajuda para sobreviver neste oceano — disse, com a face franzida de preocupação.

— Vamos sobreviver sim. Só que eu preciso ficar deitado. Estou muito fraco.

— Você precisa tomar um pouco de água. Fui eu quem preparou a mochila para a viagem e sei muito bem que tinha somente três garrafas de água. Você sequer tomou um terço da água — esbravejou, enquanto, com dificuldade, abria a mochila e retirava dela a meia garrafa d'água. Entregou-a ao marido.

— Beba! Nem que seja um gole. Só vou deixá-lo descansar depois que se hidratar. Olhe para você, está todo queimado de sol.

— Deixa prá lá... Eu vou ficar bem.

— Isto é bem diferente de um pedido — disse em tom de voz alto —, estou mandando!

— Nem bem casamos e você já está "botando as mangas de fora!" — brincou enquanto se recostava no bote e estendia a mão segurando a garrafa d'água.

— Anda, deixa de bobagem e toma essa água! — ordenou.

Assim que ele engoliu o primeiro gole d'água, teve novamente a sensação de que iria vomitar. Começou a suar frio, mas segurou a náusea, sem que a esposa percebesse.

Entregou a garrafa d'água a ela.

Ela cruzou os braços.

— Outro gole — disse ela, com segurança.

— Já está bom. Um gole é suficiente. Temos que racionar a água.

Ela abriu a mochila com dificuldade, apoiando-a com a área coberta pelo curativo enquanto, com a mão direita, abriu a embalagem que continha o chocolate que havia se derretido por causa do calor. Esfregou o dedo indicador sobre a calda e passou-o na parte interna do lábio inferior do marido. Percebeu que os lábios dele estavam totalmente desidratados.

— Tome mais um gole d'água.

O marido obedeceu, porém, dessa vez, a náusea foi mais intensa, incapaz de contê-la. Reclinou a cabeça em direção ao oceano, e um jato de vômito de sangue vivo manchou o azul do oceano.

— Meu Deus! — exclamou quando viu a abundante quantidade de sangue que o marido acabara de vomitar — precisamos encontrar ajuda urgente!

— Está tudo bem. É só a náusea do mar — disse, recostando-se novamente no bote.

— Precisamos sair daqui — disse ela, olhando para todas as direções.

— É tudo o que mais quero nesse momento... — respondeu o marido já sem forças. — Preciso me deitar, estou me sentindo muito fraco. Você acha que consegue ficar vigiando o oceano, caso alguma embarcação ou aeronave apareça?

— Consigo sim. Descanse. Daqui a pouco vou ver se consigo sinal com o celular novamente.

— Economize a bateria. Faça uma tentativa e desligue. A essa altura, ele deve ter menos de 40% da carga total — orientou enquanto se deitava e se arrastava para baixo da precária cobertura. — Ah! E, principalmente, use o colete enquanto permanecermos no oceano — orientou enquanto vestia novamente o colete.

— Você precisa descansar — disse ela, tranquilizando-o.

A esposa olhava para os lados à procura de um ponto luminoso em meio ao balançar do bote.

O sol havia desaparecido no horizonte, abrindo espaço para o céu nublado.

A brisa marítima tornava-se mais intensa assim como o sacolejar do bote.

Então, com o olhar distante, ela se lembrou da infância, de quando tinha nove anos e brincava na praça da pequena cidadezinha onde vivera grande parte da vida, antes de ter de morar na capital para cursar a faculdade de música. Lembrou-se do velho que sempre aos domingos ia à pequena praça carregando um pequeno saco e atirava milho para os pombos. E quando os pombos começavam a bicar desesperadamente as sementes amarelas espalhadas pelo chão, ele tirava do estojo o violino, fechava os olhos enrugados enquanto apoiava o instrumento no ombro esquerdo e, com maestria, deslizava o arco sutilmente pelas cordas, criando melodias espetaculares.

Na medida em que ia tocando, os pombos eram atraídos pelo milho, as pessoas atraíam-se pela linda música que predominava sobre o barulho das crianças que corriam para ver "o mágico", assim era chamado pela capacidade de encantar as pessoas.

Os longos cabelos brancos contrastavam com as rugas dos olhos e pele manchada enquanto esvoaçavam pelo movimento rítmico que impunha ao violino.

E aquela criança de nove anos ficava ali, simplesmente hipnotizada diante daquele grande espetáculo.

Recordou-se da primeira apresentação, das mãos trêmulas segurando o arco, do frio na barriga diante do olhar inquisidor da plateia e professores. Naquele momento, diante de tudo e de todos, ela se recordou do velho e, da mesma forma que ele fazia, conseguiu encantar toda a plateia com sua bela melodia.

Até que voltou a realidade. O horizonte tornara-se uma escuridão completa. Olhou para o curativo que tão docilmente o marido fizera na luta para salvá-la e viu que tinha perdido a mão.

O velho tornara-se cinza, e a música fora convertida em silêncio.

A brisa marítima carregava consigo o frio, onde o balanço rítmico do mar já deixava de incomodar.

Começou a chorar.

"O que significa uma lágrima na imensidão do oceano...", pensou enquanto usava a mão, que havia sido coberta com uma compressa, para secar o rosto.

Sentiu dor. Uma dor menos intensa do que a dor que sentia ao olhar para o estojo do violino.

CAPÍTULO 07

O vento frio tornou-se intenso e criava grandes ondas no meio do oceano que balançavam o bote cada vez com mais força em todas as direções.

A esposa olhou para o horizonte, que havia aberto espaço para a escuridão e, ocasionalmente, alguns relâmpagos clareavam o oceano, seguidos do som do trovão. Guardou o celular na mochila. Tinha medo de que as ondas o molhassem ou o arremessassem em direção ao oceano. Aconchegou-se ao lado do marido, que despertou com o forte movimento do bote.

— O que está acontecendo? — perguntou o marido sonolento.

— Está vindo uma forte chuva em nossa direção.

Ele permaneceu em silêncio. Se sentia fraco. Olhou para o relógio, que marcava 20h37min.

— Você conseguiu sinal com o celular? — perguntou.

— Preferi economizar a bateria como você me falou. Guardei-o na mochila. Também vi que parece que estamos no mesmo lugar. Estamos totalmente à deriva.

— É por isso que estamos sem sinal. Percebi que quando pegamos uma corrente marítima que nos leva para o oeste durante o dia, à noite ela nos trás de volta, talvez para mais longe — disse, apoiando-se no bote por causa da forte onda.

— Essa chuva está incomum. As ondas estão agitadas — afirmou.

— Querido, estou com medo — disse ela, abraçando o marido.

— Meu medo é de que o bote vire por causa dessas ondas. Se isso acontecer, vamos salvar as poucas coisas que nos sobraram.

Saiu de baixo da precária cobertura e desamarrou uma das cordas de violino com dificuldade por causa do forte balanço do oceano. Enrolou a jaqueta de couro sobre o estojo com o violino e sobre a mochila, formando um pacote semelhante a um embrulho contendo uma bola de futebol. Com a corda de violino, amarrou o pacote junto à teia de encordoamento que havia feito para protegê-los do sol. Aproximou-se da esposa e certificou-se de que as amarras do colete dela estavam bem presas. Também conferiu o próprio colete. Em seguida, sentou-se no bote, que, a cada minuto, oscilava de forma mais intensa. Sentiu uma imensa vertigem.

"Estou fraco demais. Se eu cair no oceano, será muito difícil conseguir subir novamente no bote", pensou enquanto olhava para a esposa, que sentou ao seu lado e segurou-se no braço dele para proteger-se das fortes ondas que começavam a invadir o bote.

As trovoadas tornaram-se mais intensas e a ondas chegavam a atingir-lhes a face.

Ele olhou para a camisa que havia usado para cobrir a esposa. Estava toda encharcada sobre o piso plástico do bote.

— Talvez isso possa nos ajudar — disse o marido.

— Nos ajudar como?

O marido rasgou a camisa em duas partes. Com uma delas, amarrou o seu colete ao da esposa; com a outra, amarrou o próprio colete na lateral do bote.

— Por que você está fazendo isso? — perguntou a esposa, assustada com os raios que, como *flashes* fotográficos, rasgavam a escuridão, seguidos pelo estrondo dos trovões que anunciavam uma tempestade.

— Querida, tenho medo de que o bote vire. Se isso acontecer, seremos pequenos diante da tempestade e será humanamente impossível nadar em direção ao bote que será arrastado para longe. Temos que evitar em ficar simplesmente boiando sustentado pelo colete, pois estamos feridos e nosso ferimento pode atrair tubarões.

A chuva tornou-se intensa e o vento surrava os corpos frágeis do casal, que se mantinham abraçados, sentados no meio do bote.

CAPÍTULO 08

O cheiro forte de café recém-coado invadia a sala de operações do departamento da guarda costeira enquanto, do lado de fora, o vento uivante fazia com que a água da chuva atravessasse as frestas da porta. Sobre a mesa, a fumaça no cinzeiro denunciava o toco de cigarro que mantinha uma pequena brasa. Migalhas de pizza estavam espalhadas ao lado do mapa do Oceano Atlântico, onde um ponto vermelho determinava o local provável da queda de um avião bimotor.

Um círculo com raio de dez quilômetros demarcava a zona quente — área de provável impacto da aeronave.

Diversos documentos e boletins de ocorrência da família do casal somavam-se aos relatórios da equipe de resgate marítimo e aéreo e informavam que nem sequer os destroços da aeronave haviam sido localizados. Praticamente trinta e seis horas passaram desde o desaparecimento do avião bimotor.

"Eles devem estar mortos e no fundo do oceano", pensou o coordenador da equipe de resgate que estava de plantão.

Sentou-se à mesa, trazendo consigo uma xícara de café quente. Mais uma vez examinou a documentação. Um dos documentos relatava que a mulher desaparecida era uma violinista famosa.

— A essa altura, ela deve estar tocando violino para os tubarões — disse a si mesmo, com um sorriso irônico. — Vou dar por encerradas as buscas.

Nesse momento, viu a documentação a respeito do piloto desaparecido. Caminhou de um lado para o outro. Encostou a cabeça no quadro branco e novamente olhou para os papéis que estava segurando.

— Inacreditável! — disse a si mesmo diversas vezes.

Ao ler o nome do piloto, viu que lhe era familiar. Lembrou-se de que há tempos, na época do curso de resgate, o piloto desaparecido havia sido colega de turma em um curso de sobrevivência na selva. E mais: salvara-lhe a vida após ter sido picado por uma venenosa serpente na selva em que o amigo prestara-lhe os devidos socorros e o carregara nas costas por quase oito quilômetros até chegar ao ponto de atendimento médico onde lhe aplicaram o soro que salvara a vida.

Desde que ele ingressara na academia para pilotos, perdera o contato. Por diversas vezes, tentara encontrar o amigo que lhe havia salvado a vida, mas as companhias aéreas nas quais ele trabalha preservavam os dados dos pilotos com sigilo, por isso perderam o contato.

Devia-lhe esse favor.

Uma sensação de angústia começou a apertar-lhe o peito, pois sabia que se existisse a mínima chance de sobrevivência em meio ao oceano, certamente, o amigo a teria segurado com as duas mãos.

— Eu devo minha vida a ele — afirmou, com a sensação de remorso. — A essa altura, se ele conseguiu escapar, deve ter sido carregado pela corrente marítima.

Tomou outro mapa com as correntes do Oceano Atlântico e as analisou. Uma ideia chegou a paralisá-lo. Algo diferente de tudo que havia pensado.

— E se o avião tivesse caído em outro local, diferente do que calcularam com base no último contato de rádio?

Então refez todos os cálculos. Estipulou uma zona de queda de vinte quilômetros como zona quente e estendeu a área de busca para cinquenta quilômetros.

— Amanhã cedo, vou colocar a busca aquática em vinte quilômetros e a busca aérea nos trinta quilômetros restantes. Meu amigo, se você estiver vivo, saiba que irei encontrá-lo.

Novamente reavaliou o mapa e preparou o plano de busca. No dia seguinte, seria só preparar as equipes e cruzar os dedos.

"Então você se casou com uma violinista?", pensou, olhando para a foto da esposa do antigo amigo. "É uma pena que as mulheres são frágeis quando se trata de resistir ao oceano. São as primeiras a morrer. Espero que tenha tido sorte."

Colocou as fotos de lado. Levantou-se da mesa e seguiu em direção à poltrona. Sentou-se e ligou a televisão cuja tela mostrava só chuviscos.

— Maldição! — exclamou, arremessando o controle na mesa de centro. — Agora vou ter que dormir sem TV. Que desconforto! — continuou enquanto puxava o velho cobertor sobre si. — Custo a acreditar que me pagam para trabalhar nessas condições... pizza, água e café quente para ficar uma noite, sozinho, nesse lugar e com a televisão fora do ar. O jeito é dormir, pois numa tempestade dessa nenhum pescador idiota se atreve a ir para o mar e também se o fizer seria suicídio, pois ninguém iria resgatá-los uma hora dessas.

Virou-se de lado olhando para a pequena poça d'água que invadia a porta do departamento da guarda costeira.

Em poucos minutos, adormeceu sentindo o doce aroma de café.

CAPÍTULO 09

Dor e frio. Eram as únicas sensações que a dominavam enquanto sentia o corpo flutuar. O ferimento do braço esquerdo ardia devido ao curativo ter se encharcado de água salgada. Lentamente, abriu os olhos e percebeu que estava flutuando embaixo do bote, que virara ao contrário por causa da forte tempestade durante a madrugada. Os olhos doíam com a intensidade luminosa enquanto que, com o reflexo da tosse, colocou para fora parte da água que havia ingerido. A seguir, olhou para o lado à procura do marido. Lembrou-se de que haviam se amarrado ao bote e precisa encontra-lo. Com a mão direita, levantou o bote e sentiu um grande alívio quando viu que o marido flutuava preso ao local.

— Amor! Está tudo bem? — perguntou ela.

Ela localizou um pedaço da camisa que estava amarrada no colete do marido. Puxou-o com a mão direita, fazendo com que o corpo suavemente flutuasse em direção ao homem que escolhera amar por toda a eternidade.

— Querido! Está tudo bem? — insistiu, já com os olhos em prantos, até que sentiu um enorme alívio quando percebeu que ele respirava. Por sorte, os coletes haviam sido fabricados de forma a deixar a cabeça da vítima sempre para fora da água.

Com a mão direita, tocou-lhe o rosto e percebeu que estava frio. Mesmo com o toque, ele continuava sem dar resposta. Simplesmente continuou a flutuar.

— Temos que sair daqui! Se continuarmos nesse lugar, estaremos fadados a morrer.

Com muita dificuldade, com a mão direita, ela conseguiu desatar o nó que a prendia junto ao marido. Amarrou-o na lateral do bote para prende-lo e evitar que fosse arrastado pelo oceano.

— Meu Deus! O que é que eu faço? — perguntou a si mesma, quando percebeu a dificuldade que teria para virar o bote e, para piorar, teria que subir nele e trazer consigo o marido.

Após alguns minutos de luta, sentiu um grande alívio, quando conseguiu desvirar o bote. Cada vez que fazia um movimento, sentia-se mais fraca. Flutuou até a lateral do bote e tentou subir. Repetitivamente caía e voltava ao ponto de partida.

"Que falta faz uma mão... Minha carreira está arruinada. Como poderei tocar o violino", pensou enquanto continha a vontade de chorar. "E para piorar, corro o risco de perder minha vida e deixar meu marido à deriva por falta de minha mão esquerda."

Após inúmeras tentativas, por fim, sentiu uma alegria imensurável, quando conseguiu subir no bote. Estava sem forças. Ficou sentada por alguns minutos enquanto tentava recuperá-las. Olhou para o marido. Sabia que a parte difícil estava para começar. Aproximou-se da "proa" do bote e sentou-se. Colocou a mão por baixo do braço direito do marido e estendeu até a axila esquerda. Já apoiada com os pés e os joelhos flexionados, utilizando-se do antebraço cuja mão havia sido amputada, forçou de forma a arrastar o marido para dentro do bote. Diversas tentativas em vão, que eram seguidas de minutos de descanso.

— Preciso colocá-lo no bote! — enfatizou a si mesma, até que foi incapaz de se conter. — Querido, por favor, acorde! — disse já em prantos.

O marido continuava flutuando em silêncio, como se estivesse em um sono profundo.

— Só estou viva graças a ele. Ele é a pessoa que escolhi para ficar ao lado por toda a minha vida.

Lembrou-se do sorriso do marido, do olhar dele de quando ela o viu pela primeira vez na noite do concerto de violino, de quando caminhavam de mãos dadas na beira da praia, dos sonhos construídos.

"Os sonhos", pensou. "Eles simplesmente não podem desmoronar como castelos de areia."

Aproximou-se novamente do marido. Esforçou-se na tentativa de arrastá-lo para junto de si. Outra vez sem sucesso. Sentia que a mão começava a adormecer. Estava fraca demais. Começou a chorar.

— Injustiça! Por favor, Deus, me dê forças. Ajude-nos!

Descansou por mais alguns minutos, até que viu que algo começava a se movimentar no horizonte.

— O que é isso? — perguntou ao perceber uma haste triangular cinza que rasgava o oceano, aproximando-se cada vez mais em direção ao marido.

— Meu Deus... Isso só pode ser um pesadelo...!

Rapidamente, inclinou-se mais uma fez com os pés apoiados no bote e, usando de toda a força que lhe restava, começou a arrastá-lo para junto de si. Até que o silêncio foi quebrado por um grito terrível de dor, quando o corpo do marido caiu dentro do bote sobre o antebraço ferido.

Imediatamente, a compressa encharcada começou a manchar-se de vermelho progressivamente. Sentiu uma grande vertigem, somada à sensação de náuseas que era potencializada pelo movimento do bote nas ondas do oceano. Olhou para o horizonte. A barbatana cinza do tubarão havia desaparecido.

— Espero que ele tenha ido embora.

Os raios solares davam a sensação de que a pele era colocada em uma chapa quente. Foi em direção à precária cobertura e sentiu um alívio quando viu que permanecia presa à jaqueta uma bola disforme. Já conhecia o precioso conteúdo. Tratava-se da mochila, do violino e do celular.

Após alguns minutos de tentativa, conseguiu, por fim, desamarrá-la da teia feita precariamente com cordas de violino. Já conhecia a funcionalidade. Colocou a jaqueta sobre o emaranhado disforme de cordas. Conseguiu recriar a cobertura que o marido havia feito. Aproximou-se do homem que tanto amava e viu que ele respirava. Recostou a cabeça sobre o peito do marido e pôde ouvir o coração, que batia ritmicamente como o compasso perfeito e contínuo de uma música. Lembrou-se das noites em que dormia ao lado do homem que tanto amava e recostava a cabeça sobre o tórax dele enquanto assistiam à TV.

— Querido, por favor, acorde! Preciso de você — disse em voz baixa enquanto sentia a dor do antebraço ferido amenizar-se.

Os lábios do marido estavam secos. Sabia que ele estava desidratado. Abriu a mochila e retirou a garrafa d'água. Encheu a tampinha e colocou na boca do marido. Ele parecia estar inconsciente. Ela assustou-se quando viu que a água que acabara de colocar na boca escorria pela comissura dos lábios com coloração rosácea.

— Ele está ferido! Preciso de ajuda.

Naquele instante, precisavam de socorro. Sabia que a morte se aproximava e começava a revelar o seu lado mais sombrio.

—Você vai sobreviver. Preciso de você! — enfatizou a si mesma, abrindo a mochila e retirando o celular. — Quem sabe agora eu consiga sinal.

Assim que olhou para o *display* do aparelho, antes mesmo de ligá-lo, percebeu que o visor estava todo embaçado. Pequenas gotículas d'água haviam se formado. Lembrou-se do dia em que havia derrubado o celular na piscina e que foi alertada para manter o aparelho desligado, pois as chances de um curto seriam grandes. Naquela ocasião, o marido havia deixado o celular secar e, no dia seguinte, o aparelho funcionou perfeitamente.

Sabia que se o ligasse poderia danificá-lo.

— É impossível esperar.

Sentiu fome. Lembrou-se de que havia uma barra de cereal dentro da mochila. Abriu-a. Comeu a metade e guardou o restante. Deixou o celular diretamente sob o sol, no piso do bote. Arrastou o marido cuidadosamente para baixo da cobertura que ele mesmo havia feito. Deitou-se ao lado dele protegendo-se, também, dos nocivos raios solares.

— Que saudade de poder ouvir sua voz, meu querido — sussurrou enquanto de forma angelical lhe afagava o rosto. — Preciso de você. Minha vida sem você perde o sentido... Tudo que tenho de mais precioso é você. Já perdi a capacidade de tocar. É inadmissível perder a pessoa que tanto amo — disse, depositando um suave beijo nos lábios secos e rachados do homem que escolhera diante de todos. — Por toda a eternidade, meu amor, eu estarei sempre ao seu lado.

Sentiu as pálpebras pesarem, enquanto o calor do sol castigava as pernas claras desprotegidas. Ela já se sentia fraca demais para se importar com o calor do sol.

Enquanto isso, paralelamente à linha do horizonte, um pequeno ponto denunciava um barco que, sem notá-los, seguia seu curso em meio às águas do Oceano Atlântico.

Emitia um som de baixa intensidade que se misturava as ondas.

Ela estava cansada demais... Até mesmo para ouvir.

CAPÍTULO 10

Gritos e pedidos de socorros ecoavam por toda a parte. Pessoas corriam desesperadas como formigas em um formigueiro parcialmente destruído. O som da música hipnotizante foi tomado pelos estalos das madeiras que eram consumidas pelas chamas. Tentou correr em direção à saída de emergência, mas a multidão a empurrava de um lado para o outro ritmicamente, enquanto desesperadamente tentavam fugir do incêndio. Pessoas eram pisoteadas e contorciam-se de dor ao serem pisadas por uma multidão que corria sem direção. Ela gritou por socorro, mas era incapaz de ouvir a própria voz. A fumaça tornou-se mais densa até que se concentrou diante dos olhos lacrimejantes e, lentamente, formou a imagem do rosto do marido.

Era um rosto diferente. Era um rosto branco, e a pele havia sido substituída por fumaça. Ele estava triste, e ela sabia que algo o incomodava. Conhecia o marido há tempos, mas naquela imagem viu que as expressões faciais de outrora desapareceram por completo, dando lugar para a tristeza.

Então, uma mão em forma de fumaça apontava-lhe em direção a uma porta. A única saída.

"Liberdade!", pensou ela.

Os gritos silenciaram. Tudo se tornara laranja, e o calor cada vez mais insuportável. A imagem do marido se dissolveu gradativamente da mesma forma que uma mancha embaçada se dissolve no espelho. Seguiu até a porta. Nesse momento, um grande pedaço de madeira em brasa caiu sobre suas pernas. Sentiu-as arder como se estivessem em chamas.

A porta estava distante demais. Assustada, ela abriu os olhos e viu que tudo havia sido apenas um sonho. Sentia um imenso ardor em ambas as pernas. Quando olhou, uma imensa mancha vermelha havia substituído a pele branca. Em determinadas partes, flictenas começavam a surgir.

Dormira com as pernas expostas ao sol. Não havia nada para poder cobri-las, exceto a jaqueta de couro que os protegiam sobre a rudimentar cobertura feita pelo marido. Olhou para a perna do marido, viu que ela estava vermelha, porém com menor intensidade do que a dela, pois ele tinha a pele morena.

— Querido, acorde, por favor! Preciso de você! — exclamou enquanto molhava as pernas com a água do oceano com a mão direita, o que lhe trazia um alívio imensurável e intermitente.

Ele ficou em silêncio e permaneceu parcialmente protegido pela pequena área de sombra. Ela olhou para o céu azul. A claridade era intensa e fazia doer os olhos. Havia perdido a noção do tempo. Para todos os lados que olhava, via o oceano, que, com suas ondas, sacolejava intermitentemente o bote laranja.

Sentiu fome. Restava uma barra de cereal e meia.

— Tenho que guardar essa metade para meu marido.

Abriu a mochila e sentiu vontade de chorar ao ver que duas garrafas de água haviam quebrado. Tinha menos de meio litro de água da garrafa que consumira até abaixo da metade e uma barra e meia de cereal. O chocolate derretera por completo e aderiu-se à parede interna da mochila.

— Menos de meia garrafa d'água! — disse a si mesma, olhando para o marido. — Você precisa mais do que eu!

Cuidadosamente, retirou a garrafa da mochila por entre os cacos de vidro, precavendo-se de se ferir. Retirou as barras de cereais e despejou os pedaços de vidro no oceano; lentamente, eles se afundaram até desaparecerem por completo. Observando isso, viu um cardume de peixes que particularmente traziam o dorso azulado. Lembrou-se da infância, das vezes que saía para pescar com o pai no oceano e do primeiro peixe que havia pescado em toda a vida: um atum.

Colocou a mochila no piso do bote. Olhou para o marido e viu que ele respirava ritmicamente. Recostou-se no bote e guardou a água e o cereal na mochila.

— Isso é tudo que tenho — lamentou-se, olhando para o marido em um silencioso pedido de socorro.

Viu o estojo com o violino. O objeto que tanto amava, naquele momento passou a incomodá-la. Olhou para o lado e viu a imagem do celular que havia colocado para secar.

— Meu Deus! Eu dormi e esqueci o celular.

Foi em direção ao aparelho. Assim que o pegou, sentiu um calor intenso. O aparelho havia ficado muito tempo ao sol a ponto de quase queimar a mão. Mesmo assim, com dificuldade, conseguiu ligá-lo e colocou-o sobre a coxa direita. Viu aparecer a logo da operadora e, a seguir, o painel *touchscreen* surgiu diante dos olhos como esperança. Abaixo, a mensagem: CHAMADA DE EMERGÊNCIA.

Clicou no display. Colocou o aparelho no ouvido e foi dominada por uma sensação de alegria indescritível quando conseguiu ouvir o som de chamada e, na sequência, uma voz feminina do outro lado.

— Emergência. Em que posso ajudá-la?

Sentiu vontade de gritar. Uma palavra vinha à sua mente com junto com uma força imensurável.

— Socorro! Pelo amor de Deus, nos ajude!

Então ouviu um som semelhante a um CD arranhado e tudo se tornou silêncio. Olhou para a tela do celular. O aparelho havia apagado. Diversas vezes tentou ligá-lo, mas o aparelho sucumbira-se ao calor e ao oceano.

— Por favor, funcione! Deus, me ajude! Por favor...

O aparelho continuava sem funcionar. Ela começou a chorar como criança. As lágrimas faziam-lhe a face e os lábios rachados e desidratados arderem.

As pernas queimavam como se estivessem em brasa. Olhou para o marido. Tinha receio de que ele estivesse gravemente ferido. Queria estar ao lado do homem com que escolhera viver pela eternidade.

— Meu amor, precisamos de um médico e urgente. Mas o que eu posso fazer?

"Pela eternidade", pensou.

— Custo a acreditar que "pela eternidade" pudesse durar tão pouco! — exclamou enquanto os olhos aflitos percorriam o horizonte em busca de socorro.

Tentou ligar o celular mais uma vez, mas o aparelho havia se danificado. Guardou-o na mochila.

Sentiu fome. Sabia que ambos precisavam se alimentar, porém o marido permanecia inconsciente.

— Só meia garrafa d'água e uma barra e meia de cereal — murmurou. — Como é que duas pessoas podem sobreviver com isso?

Um universo de incerteza vagava nos pensamentos. O mar que antes lhe trazia uma imagem de conforto e tranquilidade tornara-se um pesadelo. Deixava de imaginar um futuro. Olhou para o céu e percebeu que o sol estava a pique.

Mais uma vez foi atormentada por uma sensação de fome. Lembrou-se da festa de casamento.

— Tanta fartura na festa de nosso casamento e agora, simplesmente, estamos morrendo à míngua — disse, olhando para o marido.

Lembrou-se da infância, da primeira vez que saíra para pescar com pai, desafiando o oceano. Lembrou-se de quando pescou o atum. A sensação do peixe sacolejando preso ao anzol enquanto que com o molinete o arrastava para dentro do barco, ficara gravado na memória.

"A primeira pescaria", pensou enquanto se recordava do pai, um homem alto e de cabelos grisalhos. Um exemplo de sabedoria e experiência cuja principal paixão era a pesca.

"Para que possa sair por aí dizendo que é meu filho ou filha, tem que dizer primeiro que sabe pescar."

Eram palavras que ecoavam na memória.

Um atum. O primeiro peixe que havia pescado junto com a primeira lição sobre a diferença entre a carretilha e o molinete.

"Quem tá começando usa molinete."

Olhou para o oceano. Viu que o cardume de atum nadava de um lado para o outro, junto ao bote. Ironicamente, o destino lhe dava a subsistência, mas como fisgá-los?

"Se eu tivesse uma vara e um molinete...", pensou, olhando para o horizonte.

Então olhou para o estojo com o violino.

— A menos quê...

Arrastou-se em direção ao estojo e abriu-o cuidadosamente. Sentiu uma imensa tristeza. Lembrou-se das apresentações e da dificuldade que havia sido até chegar à posição cobiçada de solista. Lembrou-se de inúmeras músicas cujas partituras sabia de cor.

— Em vão. Tudo em vão — afirmou a si mesma. — Ao menos encontrei uma nova utilidade para esse maldito instrumento — disse, retirando cuidadosamente o arco e uma embalagem plástica fechada com um clipe, contendo um rabicho de violino.

— Isso deve dar certo.

Com dificuldade, usando uma mão, retirou a crina do arco do violino. Amarrou um dos encordoamentos no arco e, na ponta, prendeu o rabicho do violino ao clipe, que envergado transformara-se em um rudimentar anzol.

Havia feito uma rudimentar vara de pesca. Precisava da isca. Sabia que para pescar atum as melhores iscas eram mortadela e peixe voador.

Com a vara rudimentar que havia feito seria impossível pescar um peixe grande, mas ao menos poderia tentar, usando um pequeno "naco" da barra de cereal para tentar fisgar algum peixe da superfície. Preparou a isca. Sentiu grande vertigem e sede. Estava fraca demais. Precisava alimentar-se e se hidratar, mas poupara a água para o marido. Estirou o arco do violino que havia transformado em vara de pesca e ficou alguns minutos tentando a sorte. Sentia alguns beliscões na rudimentar vara, e, por diversas vezes, a isca de cereal foi roubada.

— Que droga! — lamentou enquanto retirava mais um pedaço da meia barra de cereal. — Se continuar assim, daqui a pouco vou ficar sem a barra de cereal e sem um peixe. Pelo menos guardei a outra barra — disse enquanto os olhos percorriam o marido para certificar-se de que ele respirava.

Percebeu que o sol havia se deslocado mais de 45 graus. Já devia passar das 15h. A pele ardia. Estava indefesa diante do sol. Esperava que a noite lhe amenizasse o martírio.

De repente, sentiu um beliscão. Fisgou com vontade. Sentiu que um peixe havia ficado preso na vara. Deixou-o lutar até ficar cansado e, então, lentamente, foi puxando-o até ele tornar-se nítido na superfície; por fim, conseguiu identificá-lo.

Era um peixe-agulha. Um peixe clássico de superfície, que geralmente é encontrado em grandes cardumes. Apesar de a maioria ter o tamanho médio de trinta a cinquenta centímetros, aquele, particularmente, devia ser um filhote, pois as medidas, eram inferiores a quinze centímetros. Sabia que a carne não era saborosa e que era mais utilizada como isca do que para o consumo, mas havia poucas possibilidades de escolha. Enfrentava o limiar de viver ou morrer.

Pela primeira vez, alegrou-se em ter pescado um peixe pequeno, sem extrapolar o potencial da rudimentar vara de pesca que havia improvisado.

— Se eu tivesse minha mão esquerda, já teria pescado mais de um peixe.

Retirou o peixe do oceano e colocou-o sobre o piso do bote. Viu-o se debater de um lado para o outro em vão. Esperou que os movimentos do peixe diminuíssem e, com a mão direita, conseguiu tirá-lo do precário anzol feito com o clipe. Mordeu a cauda e cuspiu no piso do bote. Ela iria lhe servir de isca. Sentiu o gosto horrível. Preferia o peixe frito com sal e limão. Ficou nauseada, mas sabia que não tinha opção. Lavou o peixe no oceano. Outra mordida, dessa vez, próxima às barbatanas peitorais, e sentiu como se tivesse mordido diversos pedaços de pequenos plásticos.

— As escamas! — lembrou enquanto cuspia o naco de peixe no piso do bote.

Virou o peixe de lado. Colocou-o sobre a perna. Usando a base do arco do violino, fez um movimento inverso, conseguindo retirar parte das escamas. Então, mordeu vigorosamente e, sentindo um gosto ruim, mastigou o peixe cru. Os lábios rachados ardiam.

Olhou para o marido. Ele continuava imóvel, respirando. Começou a chorar, pois sabia que ele precisava se alimentar. Colocou o peixe sobre o piso do bote, retirou a água da mochila e colocou na tampa uma pequena quantidade. Arrastou-se em direção ao marido e entrou debaixo da pequena cobertura. Puxou o maxilar inferior dele para baixo e despejou-lhe na boca o conteúdo da tampa, e ele, de forma reflexa, engoliu.

— Graças a Deus! — exclamou enquanto repetia o mesmo procedimento. — Querido, acorde, por favor! Preciso de você.

O marido continuava desacordado, sobrevivendo graças aos reflexos humanos mais primitivos. Ela pegou a garrafa d'água e viu que restava aproximadamente 400 ml de água. Tomou mais um gole e o nível abaixou para próximo de 300 ml. Recostou-se no bote sentindo o sol arder na face. Os restos de peixe no piso do bote fizeram-na nausear, o que piorava cada vez mais com o movimento das ondas.

— Se é para morrer, que seja ao menos ao lado de quem amamos.

Já estava sem forças. Olhou para o marido. Ficou tentando imaginar o quanto ele lutara para tentar salvá-la. Como ele a retirou do avião? Como retirou o bote? Como a colocou no bote? E de que forma ele havia feito o curativo na mão que havia sido decepada e evitado, assim, a hemorragia?

Estava assombrada pelas incertezas. Ao menos sabia que o homem que tanto amava lhe havia salvado a vida e que pouco ela havia retribuído. Teve vontade de gritar por socorro, mas de nada adiantaria.

A cada minuto que passava, sentia-se mais fraca. Percebia que a esperança a abandonava. Então, começou a imaginar uma lista de peixes que poderia ter pescado.

— Um Cangoá... o peixe brigador e "roncador". Se o tivesse pescado, ao menos iria me sentir mais esperançosa, pois teria a certeza de que estaria próxima do litoral.

Fechou os olhos. Almejava a escuridão, mas, mesmo com os olhos fechados, a escuridão fora substituída pelo ardor alaranjado.

CAPÍTULO 11

A pele continuava a arder com mais intensidade. Abriu os olhos e viu o marido, que parecia estar dormindo. Saiu de baixo da improvisada cobertura em meio às oscilações do bote. Foi quando se deu conta de que o sol já se aproximava da linha do horizonte. Olhou para todas as direções à procura de uma embarcação ou um navio, mas tudo o que via era a imensidão oceânica.

O mar estava calmo e as ondas eram suaves e intermitentes. Olhou para o céu e viu que as nuvens desapareceram. Sabia que isso era um bom sinal, pois poderiam ter uma noite sem tempestades.

— Querido, por favor, acorde! — disse em voz alta enquanto olhava para o marido, que permanecia deitado e sem respondê-la.

Viu que o tórax dele se expandia. Ele respirava, mas ela se preocupava pelo fato de ele estar sem se alimentar; só não conseguia imaginar por quanto tempo. Sentia-se fraca, no entanto um pouco revigorada pelo sabor desagradável do peixe com o qual havia se alimentado.

— Meu Deus, por favor, nos ajude! Onde está Você? – gritou, olhando para o céu. — Se esse bote virar, eu não terei mais força para subir nele novamente! Que droga...! Eu sempre acreditei em Você e é isso que eu ganho? Perco uma de minhas mãos e ainda corro o risco de perder meu marido! Que mundo é esse? Onde está a Sua bondade?

Mostre-me! — ordenou enquanto olhava para o céu à espera de um milagre.

O silêncio era a única resposta que se somava ao cheiro dos restos do peixe que estavam dentro do bote.

Olhou para a mochila. Lembrou-se de que tinha menos de meia garrafa d'água.

Sabia que morreriam nas próximas horas. Precisavam de ajuda. Então uma voz masculina e conhecida quebrou o silêncio.

— Você tem duas.

Ela olhou para o lado. O marido, com muita dificuldade, arrastava-se por debaixo da cobertura até que se aproximou e recostou a cabeça na lateral do bote.

— O que foi que disse, meu amor? — perguntou, aproximando-se do homem que tanto amava.

— Deus lhe deu duas mãos. Caso perdesse uma, restaria a outra para lhe ajudar.

Meu avô sempre dizia que os médicos consertam tudo. Isso é verdade.

Ela começou a sorrir ao mesmo tempo em que sentia pena quando olhava para o rosto pálido do marido, revelando lábios rachados, cobertos de sangue coagulado.

— Querida, estou fraco demais e sentindo muita dor no abdome. Pode ser que você continue essa jornada sozinha.

Os olhos dela inundaram-se de lágrimas, mas ela tentava prender o choro. Sabia que não podia perdê-lo. Escolhera-o para estar ao seu lado durante toda a vida.

— Jamais diga isso! Nós iremos sobreviver. Você irá sobreviver! — esbravejou enquanto as lágrimas a venciam e revelavam-se na pálida face.

Ele sorriu. Os olhos fixos admiravam a bela mulher por quem estava disposto a sacrificar a vida se preciso fosse.

— Meu amor, me escute, minhas chances são pequenas e, aconteça o que acontecer, tenho um último pedido a lhe fazer.

Ela olhou para o céu com olhar de condenação ao Salvador.

—Nós vamos sair dessa. Se você morrer, eu vou morrer também. Não dá para imaginar minha vida sem você.

O marido ficou cabisbaixo. Olhou para o braço sem a mão que a esposa havia perdido e pensou nas palavras de revolta proferidas minutos atrás por sua amada, que procurava um culpado pela atual sucessão de eventos negativos.

— Querida, escute-me, por favor! – esbravejou. — Quero lhe fazer um pedido que eu iria fazer de qualquer forma, mesmo que eu sobreviva.

Ela respirou fundo enquanto sentia a pele arder mesmo sem a luz intensa do sol.

— Qual é seu pedido? — murmurou, olhando para os olhos do marido.

Sabia que a esposa tinha uma personalidade forte e que era detentora de um grande coração. Olhou fixo para ela sem pestanejar.

— Meu amor, meu único pedido é que continue a tocar. Você é extraordinária no que faz — disse, com os olhos marejados.

Ela engoliu a saliva. Ficou calada por alguns minutos.

— Você só pode estar brincando comigo. A música acabou! – respondeu.

Ele ficou calado. Nesse momento, percebeu que a água começava a entrar no bote. A esposa olhou para o marido reconhecendo o velho olhar de que algo estava errado.

— Tem algo de errado — afirmou enquanto observava que o bote estava afundando.

A esposa permanecia olhando sem compreender a aflição do marido.

— Querida, o bote está desinflando. Ele só pode estar furado... Mas como? — perguntou, com a face pálida.

— Iremos afundar! É impossível que o bote esteja furado. Ao menos que...

O marido olhou para a esposa com os olhos saltados. Estava em pânico, implorando por uma resposta.

— Ao menos quê...? — perguntou ele, engolindo a saliva.

— Com a tempestade, duas garrafas de água se quebraram. Joguei os cacos no oceano. Talvez nesse momento possa ter feito algum pequeno furo.

Ele ficou calado.

"Ela pode estar certa. Se isso realmente aconteceu, o bote irá esvaziar-se por completo. Terei que diminuir o peso. Isso diminuirá a pressão interna e poderá diminuir o vazamento. Mas como me livrar do peso?"

— Querida, temos um grave problema.

Ela ficou pálida. Foi então que ele percebeu o quanto a pele branca da esposa havia se queimado. Notou que flictenas começavam a se formar na pele suave e delicada, com mais intensidade nas pernas torneadas.

— Qual o problema? A essa altura dispensara ter mais uma preocupação! — esbravejou, olhando para os lados à procura de socorro, ou, quem sabe, uma ilha na qual houvesse sombra para acalentar as queimaduras. Sabia que mais um dia de sol poderia ser fatal.

— O bote irá afundar ao menos que nos livremos do peso em excesso. Isso reduzirá a vazão e pode dar mais um dia de autonomia — disse, vendo o resto de peixe no piso do bote.

— Como assim nos livrar do peso em excesso? Tudo o que temos é meia garrafa d'água, uma barra de cereal e o maldito violino.

Olhou para a esposa. Por um lado, sabia que o ferimento do braço poderia atrair tubarões; e, por outro, conhecia a própria realidade de que estava gravemente ferido.

"Ou ela ou eu...", pensou, olhando para o lindo rosto da mais bela violinista que já havia conhecido, e que Deus havia lhe concedido a oportunidade de chamar de esposa.

— Nem um dos objetos que você falou. Seria insignificante.

Ela se calou. Tentava assimilar a gravidade da situação.

— Um de nós terá que ficar à deriva ao lado do bote, e sou eu quem irá ficar — afirmou enquanto disfarçadamente pressionava a mão sobre o abdome, amenizando a dor que o incomodava.

— Lhe proíbo de fazer isso! Você está fraco demais. Está pálido! — exclamou, olhando para o homem que tanto amava.

— Minha querida, isso lhe dará mais um dia de vida... e de esperança.

— Você fica no bote, eu vou para a água — afirmou ela enquanto ajeitava o colete.

— Se você fizer isso, o seu ferimento irá atrair tubarões. Não estou sujo de sangue; além disso meu organismo é naturalmente mais resistente. É nossa única chance.

A esposa ficou pensativa. De certa forma, as palavras ressoavam de forma consistente e faziam pleno sentido, mas, ao mesmo tempo, temia pela sobrevivência do marido e de si mesma.

— Se você ficar na água, seria desastroso tentar retirá-lo do oceano. Estou sem forças e sem uma das mãos. Já o fiz uma vez e fiz o impossível para te colocar dentro do bote, pois você estava desacordado.

Ele sorriu ao perceber que a esposa tentava piorar a situação na tentativa de que ele abandonasse a ideia.

— Eu sei. Não irei lhe incomodar para que me coloque no bote novamente. Saiba que água gelada irá ajudar a diminuir o sangramento que acredito que estou tendo.

Então ele abriu o violino e lentamente retirou um dos encordoamentos, amarrou no colete e mais uma vez no bote.

Ela começou a chorar, enquanto ele permanecia calado. Sabia o que tinha que fazer.

— Se perceber que o bote irá afundar, faça o mesmo que eu. Amarre outro encordoamento do violino na outra lateral e mantenha sempre seu braço sobre a lona do bote. Isso evitará que tubarões sejam atraídos pelo seu ferimento.

A esposa consentiu, gesticulando com a cabeça. Estava angustiada. Temia pela vida do marido, que ajustou o colete e lentamente inclinou-se na lateral do bote, até que caiu no oceano. Imediatamente, o nível de água que ameaçava inundar o bote baixou.

Sentiu a água gelada refrescar as queimaduras solares. Desejava que a esposa sentisse o mesmo alívio.

Ela certificou-se de que o marido estava flutuando preso ao bote. Ele olhou para ela e, com uma piscadela, conseguiu roubar da amada mais um sorriso.

— Você tentou ligar para pedir socorro? — perguntou enquanto o corpo acompanhava as ondas oceânicas.

— Sim, tentei. Fui atendida, mas, quando fui explicar o que aconteceu, o celular parou de funcionar.

"Queria acordar desse pesadelo", pensou o marido.

Ela recostou-se no bote, enquanto o marido ficava boiando de forma intermitente. Por sorte, o apoio de cabeça conferia-lhe certo conforto e poupava-lhe de dores cervicais que poderiam surgir. Olhou para a esposa, que estava em silêncio.

Estavam cansados.

A esposa olhou para o marido e, em seguida, para o violino.

“Quem sabe a morte poderá ser um alívio”, refletiu ela, ao perceber que tudo o que mais amava estava sendo tirado aos poucos, assim como a esperança.

CAPÍTULO 12

Deixava de se importar com o tempo. Tudo se tornara distante.

— Querido, está tudo bem? — perguntou, ao perceber que o marido estava quieto havia algumas horas, flutuando de forma sincrônica com o movimento das ondas, enquanto as estrelas começavam a cintilar no céu.

A noite começava a cobri-los com seu manto negro. Em vez do rosto do homem que tanto amava, ela via uma penumbra, graças à lua cheia que naquele momento era um farol natural, deixado por Deus, que os guiava para lugar nenhum.

— Meu amor, por favor, diga alguma coisa! — exclamou, sentindo um nó na garganta.

Novamente o silêncio se fez com a noite. O marido era arrastado junto ao bote, acompanhando a corrente oceânica.

Estava fraca. Temia pelo marido.

Sentia sede, mas sabia que a água que lhe restava de pouco iria adiantar. Aproximou-se do marido, esticou o braço direito e puxou a corda de violino que o prendia ao bote, trazendo-o para perto de si. Assim que ele estava bem próximo, esticou o dedo e colocou na região carotídea dele e percebeu que os batimentos existiam, porém fracos e lentos.

"Ele está morrendo."

Começou a chorar copiosamente. Sentiu uma forte dor no peito, pois a pessoa que procurou por uma vida inteira estava prestes a partir.

Lembrou-se do último pedido.

"Meu amor, meu único pedido é que continue a tocar. Você é extraordinária no que faz."

— Peça o que quiser, menos isso... É impossível. Jamais voltarei a tocar... Não pela mão perdida, mas por você já não estar mais ao meu lado.

Lentamente, pegou a mochila e retirou de dentro o resto da água que lhe restava. Pegou também a barra de cereais.

— Se é para morrermos, iremos morrer como um casal — afirmou, abrindo a garrafa e despejando o resto da água que lhe restava no oceano. Em seguida, atirou, também, a barra de cereal, que flutuou por alguns instantes, refletindo o luar, até começar a afundar lentamente. Pegou o celular. Tentou ligá-lo mais uma vez. Ele piscou e desligou a seguir.

Ela segurou o aparelho e apertou-o com toda a força que lhe restava na mão direita.

— Aparelho maldito! — exclamou e, a seguir, com toda a força, atirou para o oceano o aparelho, que afundou de imediato.

Recostou na lateral da precária embarcação e retirou o curativo que cobria o coto na mão que havia sido amputada. Olhou para o antebraço e sentiu que uma gota quente caíra sobre os pés. Enquanto sentia o corpo arder, viu que estava sangrando, mas sem se incomodar. Nada a incomodava.

Como o marido havia lhe dito, o bote iria desinflar. Em pouco tempo ela ficaria totalmente à deriva e à mercê dos tubarões.

— Tubarões... Quem tem medo de tubarões? A morte nesse momento é um alívio para tanto sofrimento — disse, olhando para o céu onde as estrelas cintilavam sem se importar com o que se passava abaixo delas.

Enquanto tudo se tornava mais escuro, nauseou-se, foi tomada por uma profunda fraqueza e então adormeceu. Nesse momento, a imagem da infância navegava pela imensidão da própria mente.

O primeiro dia na escola...

O velho mágico cujos longos cabelos brancos esvoaçavam com o movimento do arco do violino.

Lembrou-se da família, da primeira apresentação, do dia que recebeu a notícia de que iria ser solista, do dia mais maravilhoso da vida quando conheceu o homem que tanto amava e, por fim, do voo e do acidente.

Estava sem forças, nem mesmo para pensar.

De repente, o silêncio do oceano foi interrompido por um barulho contínuo como se algo rasgasse o ar.

Percebeu uma forte luz que os iluminavam. Estava fraca, até para abrir os olhos.

"A luz que tantas pessoas falam... Ela realmente existe."

Sentiu que o corpo foi amarrado e içado para mais perto daquele som estridente. Ouvia vozes masculinas que gritavam entre si e, em meio a isso, foi dominada por uma forte sensação de que uma agulha perfurava-lhe a região cubital do braço.

Após alguns minutos, sentiu-se mais forte a ponto de conseguir abrir os olhos, foi então que percebeu que estava em um imenso helicóptero. Ao lado, um socorrista vestido com um macacão com o símbolo da Força Aérea Brasileira.

— Fique calma. Você está sendo levada para um hospital. Está tudo bem! — disse o socorrista, ao mesmo tempo em que pressionava o curativo no coto do braço esquerdo.

Ela sabia que tudo havia acabado. O socorro finalmente havia chegado.

— Onde está meu marido? — perguntou enquanto os olhos procuravam pelo helicóptero, o homem que tanto amava.

O socorrista inclinou a cabeça e olhou para o lado.

— Ele está aqui. Também está sendo levado para o hospital. Vocês vieram parar a mais de 200 quilômetros da costa. Vamos gastar aproximadamente uma hora para chegarmos até o hospital.

Sentiu um imenso alívio quando soube que o marido estava junto de si.

"Pela eternidade."

Sabia que teriam um novo recomeço, que deixaria a união deles mais forte e mais duradoura. Uma nova porta se abria, revelando um novo destino. Já podia imaginar os filhos correndo pela casa.

— Senhora, compreendo que o momento é difícil, mas infelizmente trago más notícias.

Por alguns segundos, ela sentiu que o mundo desabara. Já podia prever quais seriam as notícias.

— Seu marido sofreu um forte trauma no abdome provavelmente durante a queda do avião. Considero um milagre ele estar vivo. Infelizmente ele perdeu bastante sangue e, pelo que vi na documentação que ele carregava, o tipo sanguíneo dele é raro. Ele tem o tipo O negativo. Já comuniquei o hospital por rádio e estão tentando encontrar sangue para ele, pois o banco de sangue informou que esse tipo de sangue de seu marido está em falta. Já coloquei um soro para tentar fazermos uma expansão de volume e tentar ver se ele consegue sobreviver mais algumas horas.

Ela olhou para o marido e para o socorrista que finalizava o curativo. Sentia-se um pouco mais forte devido ao soro que estava sendo infundido livremente. Lembrou-se do olhar meigo do marido e do jeito desajeitado de quando o vira pela primeira vez. Imaginou todos os momentos difíceis que o amado devia ter passado para salvá-la e retirá-la do avião. O curativo que ele havia feito conteve a hemorragia, salvando-lhe a vida. Acima de tudo, tentava imaginar como ele havia conseguido ter feito tudo o que fez com um trauma no abdome. Ela sabia que a cada minuto que passava o sangue da pessoa que mais amava se esvaía ritmicamente.

Foi então que se lembrou dos exames pré--nupciais e do tanto que riram quando descobriram que tinham o mesmo tipo de sangue raro.

"É minha única chance de salvá-lo", pensou, olhando para o socorrista que ajustava o gotejamento do soro.

— Senhor! — disse ela, olhando para o socorrista, que, prontamente, atendeu ao chamado.

— Está tudo bem com a senhora? — perguntou, atenciosamente, olhando para os monitores, que de forma contínua ressoavam os bipes.

— Existe um jeito de salvá-lo. Podemos fazer uma transfusão aqui no helicóptero — disse, e os olhos retomavam o brilho de esperança.

O piloto sorriu da iniciativa da mulher, que mostrava diante dele uma compaixão arrebatadora pelo marido.

— Já pensei nessa hipótese, mas infelizmente nenhum dos tripulantes desta aeronave tem o mesmo tipo sanguíneo de seu marido. Somos dois socorristas, o piloto e o copiloto e, é claro, vocês.

Ela olhou para o socorrista com os olhos brilhando de esperança. Tinha a ideia mais que perfeita.

— Não estou falando de nem um de vocês. Estou falando do meu sangue, que é o mesmo do meu marido. Meu tipo sanguíneo é O negativo também. Eu posso salvá-lo.

O socorrista olhou para ela e apertou a mão.

—Nobre seu gesto, mas fazer isso colocaria em xeque meus princípios. Você está bem fraca e perdeu uma boa quantidade de sangue com o ferimento de sua mão. Se você fizer isso, você irá morrer. Talvez ele nem resista chegar ao hospital.

Ela respirou fundo. Começou a se lembrar de tudo que haviam passado, do tempo de espera pelo socorro e, finalmente, quando foram resgatados. Mais uma vez se tornavam vítimas de mais um golpe do destino.

"Isso não pode acabar simplesmente assim."

Estava sem opções.

"Minha vida sem meu marido perderia todo o sentido. Mesmo que seja para eu morrer, irei salvá-lo."

Olhou para o socorrista. Sabia que seria difícil convencê-lo, mas era a única esperança.

— Senhor, minha hemorragia foi pequena. Assim que me feri, meu marido interveio de imediato.

O socorrista riu. Admirava a mulher pela nobreza em tentar salvar o marido.

— Seu gesto é nobre, senhora. Mas o que me diz, vai de encontro ao que presenciei. Assim que lhe encontrei, seu ferimento sangrava em abundância. Mas consegui estancar o sangramento.

— Claro, já havia perdido a esperança de me salvar. Achei que meu marido estava morrendo e, por isso, decidi morrer com ele. Eu que tirei o curativo e, por sorte, vocês nos encontraram. Peço, pelo amor que você tem por Deus, que tire ao menos meio litro de sangue. Isso poderá salvar a vida de meu marido, e você será um herói, por salvar duas vidas de uma vez. Eu mesma redigirei uma carta de elogio pelo ato nobre.

O socorrista refletiu por alguns minutos. Sabia que era arriscado. Compreendia perfeitamente que a mulher amava o marido.

— O que você está pedindo é inviável. Submetê-la a mais esse risco, poderá colocala em risco.

Ela olhou para o lado e viu o marido. A face dele estava pálida, e os monitores mostravam que o coração batia ritmicamente, mas por pouco tempo. Talvez os últimos batimentos.

— O que realmente importa é que você o salve! Se eu perder meu marido, amanhã serão dois sepultamentos: o meu e o dele. Você jurou lutar pela vida! Estou lhe oferecendo a oportunidade de salvar duas vidas, mas pelo visto você só quer tratar da opção mais viável! — gritou enquanto ameaçava sentar-se.

O socorrista preocupou-se ao ver que a mulher começava a ficar agitada. Rapidamente abriu uma ampola de sedativo e preparou a seringa para injetar. A mulher viu que o socorrista segurava a seringa nas mãos.

— Nem pense em querer me sedar. Por favor, tudo o que lhe peço é que salve meu marido. Eu tenho o tipo de sangue que é a única salvação. Ele é o homem que escolhi para amar e viver ao lado por toda a eternidade. Não é possível que você se recuse a salvá-lo. Será que você não amou ninguém em sua vida?

Assim que disse a última frase, ela percebeu que o socorrista ficou olhando para o vazio.

"Eu também já amei. Entendo perfeitamente sua dor, talvez na mesma intensidade do que você."

De alguma forma, as palavras daquela mulher ecoaram de forma diferente no coração daquele homem que tinha o nobre ofício de salvar vidas. Ele parou por alguns instantes. Esperou o momento perfeito. Assim que a mulher virou para olhar o marido, o socorrista, sem que ela percebesse, injetou lentamente o conteúdo da seringa no equipo do soro. Ela começou a sentir uma sensação reconfortante. Os olhos começaram a pesar e, mesmo assim, ela lutava para olhar o homem que tanto amava. O corpo não ardia mais. A sensação de dor havia desaparecido junto com o remorso ou saudade. O único sentimento que prevalecia era o amor por um homem que lutou até o último instante para salvá-la. Lembrou-se do último pedido, até que a imagem do marido lentamente começou a ficar embaçada e tudo se transformou em uma confortante escuridão.

CAPÍTULO 13

O Palácio das Artes é considerado um dos maiores centros de divulgação cultural da América Latina, localizado na movimentada Avenida Afonso Pena, na cidade de Belo Horizonte, onde, naquela noite, o trânsito havia sido propositalmente desviado por causa de um evento, no qual haveria a apresentação de uma das Orquestras Sinfônicas mais respeitadas no meio musical nacional, trazendo em cartaz Beethoven Violin Concerto.

O auditório do grande teatro estava lotado, enquanto do outro lado da cortina a orquestra já se aproximava da metade do espetáculo.

Ela estava com mão direita trêmula. Sabia que após três anos de treinamento árduo iria tentar naquela noite tocar o violino e unir-se novamente à orquestra.

— Tente se controlar — disse a si mesma enquanto se recordava da primeira apresentação.

Cada minuto que passava tornava-se uma eternidade.

Olhou para o braço, onde a mão esquerda fora substituída por uma prótese mecânica e, com ela, sustentaria o arco do violino. Teve que treinar a mão direita para poder acariciar as cordas do violino e extrair com perfeição as notas musicais. A habilidade de outrora fora perdida e conseguir recuperá-la da mesma forma que tinha com a mão esquerda era impossível. Era difícil de acreditar que os lados direito e esquerdo do corpo pudessem ser tão distintos, que regidos pelo mesmo cérebro.

"Ele queria que eu tocasse. Foi seu último pedido naquele momento mais turbulento de nossas vidas."

Respirou fundo enquanto era dominada pelo medo. Uma sensação de desespero e medo de fracassar. Era a primeira vez após o acidente que ela voltaria a se apresentar em público. De uma forma diferente das outras vezes, o medo se manifestava pela ansiedade de errar, diferente do nervosismo ao ver a plateia da mesma forma de quando subiu ao palco pela primeira vez.

"Uma nota errada... Tudo estará perdido."

Foi então que a assistente de palco entrou.

Assim que a viu, a musicista sentiu-se congelada. Sabia que o momento havia chegado. A oportunidade de desistir havia passado.

— Talvez se eu tivesse treinado por mais um ano — afirmou para si mesma enquanto olhava para a prótese fria e inerte que sustentava o arco do violino.

Como as asas de um dragão, a cortina se abriu revelando inúmeras pessoas, cujos olhares mostravam-se ansiosos por uma boa música, até que todos os olhares da plateia foram direcionados a uma mão mecânica, inerte, revestida por um silicone semelhante à pele de uma boneca, que contrastava com a pele branca e delicada do antebraço que havia lhe restado.

O medo de errar e o olhar de inquisição da plateia a feriam profundamente.

O espetáculo havia chegado ao clímax.

O maestro, vestido de fraque preto com a gravata prateada, colocou a batuta de lado e dirigiu-se ao microfone excepcionalmente instalado para o concerto.

— Boa-noite a todos! Hoje tenho a honra de trazer para essa apresentação uma das maiores solistas de violino que antes nos acompanhava em diversas apresentações por esse país. Nós a consideramos como um exemplo de superação, pois, há alguns anos, ela perdeu a mão em um acidente de avião. Justamente a mão esquerda, que utilizava para pressionar as notas desse poderoso instrumento e extrair perfeitas, precisas e sincrônicas melodias. Após quase três anos de treino, ela teve que aprender mais uma vez a tocar o violino e fazer com que sua mão direita substituísse a mão perdida.

Diversas pessoas começaram a murmurar e outras cochichavam entre si no auditório enquanto observavam a bela mulher com um vestido de seda azul, perfeito na suavidade de seus traços, exceto pelo contraste grotesco de ter uma prótese no lugar de uma das mãos.

Ela ficou muda. Sabia que precisava apenas tocar. As palavras davam lugar para a música.

Assim que levantou o arco e aproximou-o das cordas do violino, a plateia silenciou-se.

Então ela preparou para deslizar o arco pelas cordas da mesma forma que havia treinado por inúmeras vezes.

"A prótese mais feia é a que melhor consigo manusear o arco", pensou. " Isso está além da compreensão dessa plateia."

Então um som estridente invadiu o auditório. O oposto do som que esperava após anos de treino, mas sim o som da vergonha de falhar e de fracassar em público.

Estava nervosa demais. Toda a plateia começou a cochichar. Ela olhou para a primeira fila do auditório e os olhos encontraram o homem que lhe salvara a vida, o homem que tanto amava. Naquele momento exclusivo, sentia-se envergonhada por errar mais uma nota e mostrar-se imperfeita para o marido e para o público. Havia perdido um dos pedaços mais belos de si.

O olhar do marido era confortante. Ele se levantou, trazendo consigo uma sacola, e caminhou em direção ao microfone. Ninguém compreendia o que estava acontecendo. Ele olhou para o maestro, que movimentou a cabeça, consentindo que ele pegasse o microfone, enquanto ela continuava ali parada sem compreender o que estava acontecendo.

— A todos peço atenção e desculpas por estar interrompendo o espetáculo. O maestro citou que minha esposa perdeu a mão em um acidente. Isso é verdade, basta todos observarem como muito bem já o fizeram. O que o maestro omitiu foi que ficamos à deriva no meio do oceano por mais de 36 horas e gravemente feridos. Estávamos sozinhos e, em diversos momentos, sempre um de nós estava desacordado por causa da magnitude de nossos ferimentos. Se hoje estamos vivos, agradeço primeiramente a Deus que nos colocou à deriva com um violino que eu havia dado de presente de casamento para a minha esposa. Esse instrumento, por diversas vezes, nos salvou a vida, e, com o seu encordoamento, estanquei a hemorragia do braço da mulher que tanto amo, pois ela havia perdido a mão. E, mesmo assim, fraca, ferida, queimada pelo sol escaldante (a pele suave e clara revela suas cicatrizes), minha esposa doou o pouco sangue que lhe restava e que me manteve vivo até que eu chegasse ao hospital onde eu recebi os devidos cuidados em um bloco cirúrgico.

Toda a plateia permanecia calada. As lágrimas inundavam os olhos da esposa e percorriam-lhe a face angelical. O que ela desconhecia era o presente que ele lhe trouxera nesse momento.

— Um dos socorristas que nos resgatou na noite do acidente também resgatou o violino que nos salvou a vida e me entregou assim que eu saí do hospital. Hoje o trago aqui diante de todos para dar de presente mais uma vez para minha esposa. Não para que ela se recorde dos momentos tristes que vivemos, mas sim do futuro maravilhoso que nos aguarda e da extraordinária música que todos vocês terão o privilégio de ouvir em alguns instantes.

A esposa chorava copiosamente, enquanto, na plateia, as pessoas ficavam em pé e aplaudiam a linda homenagem que um homem apaixonado acabara de fazer à mulher que tanto amava.

Ele retirou da sacola o velho estojo com higrômetro e abriu-o diante dela.

O violino havia sido completamente restaurado.

Ela aproximou-se após colocar de lado o outro instrumento.

— Você é louco! — sussurrou no ouvido do marido. — Eu não vou conseguir. Perdoe-me — disse com os olhos vermelhos após tanto chorar.

— Vai sim — respondeu o marido com a segurança de quem sabia perfeitamente o que estava fazendo. — A propósito — disse ele —, mandei afinar o violino e quero que você toque com a alma para o nosso filho que está por vir. O exame deu positivo. Parabéns! Você será mamãe.

Ela deu um passo para trás, deixando o violino.

— O quê? Você só pode estar brincando! — disse, gaguejando, enquanto a plateia aguardava ansiosa pela apresentação.

Ele começou a rir. O primeiro sorriso de um pai que ela percebeu na hora.

— Fui ao laboratório e peguei o exame, pois estava preocupado com suas náuseas. Deu positivo. Em breve nos falamos, pois há uma plateia aguardando você tocar, inclusive alguém bem especial na sua barriga, que quer ver a mamãe dar um show. Vamos lá! — disse enquanto voltava apara a primeira fila e ocupava seu assento.

Ela passou a mão direita sobre o abdome e ficou parada por alguns segundos. A seguir, pegou o violino que lhe salvara a vida. O mesmo violino que ironicamente reaparecia diante de si com a notícia de que ela gerava uma nova vida. Tinha um exemplo para dar. Um exemplo que superaria qualquer preconceito; tinha que ensinar ao filho como vencer.

Então ela se lembrou do velho. Do mesmo velho que ia à pequena praça sempre aos domingos e espalhava milho para os pombos. Colocou o violino sobre o ombro direito. Naquele momento, a prótese que sustentava o arco transformou-se em mais uma parte de seu corpo. Lembrou-se das pessoas que olhavam o velho mágico que encantava a todos com sua música, e então, da mesma forma que ele, começou a deslizar o arco sobre a corda do violino, emitindo uma melodia perfeita.

Ela fechou os olhos do mesmo jeito que o velho e, da mesma maneira, fez os longos cabelos esvoaçarem durante o movimento rítmico que impunha ao violino. A plateia ficou hipnotizada diante da perfeição daquele grande espetáculo.

Sentia que estava tocando para uma legião de anjos e que o palco eram as nuvens.

Minutos depois, a música parou e todos aplaudiram em pé e aos gritos ao mesmo tempo em que o marido apaixonado correu em direção à esposa e a abraçou. Ele chorava de felicidade. Desde o dia do acidente, pela primeira vez, conseguia abraçar a família que nascia diante dos aplausos e assovios em admiração a uma das maiores violinistas que nessa única noite foi capaz de fazer o violino falar aos olhos da plateia e da humanidade que não se deve desistir de um sonho.

O futuro transformara-se em um novo horizonte.